大
05
大澤
在昌
打工偵探
拷問遊樂園
アルバイト探偵 拷問遊園
大澤在昌
王蘊潔

005 恐怖的行李
041 恐怖的搖籃曲
101 恐怖的單程票
157 恐怖的追加留言
205 恐怖的世界史
259 恐怖的交換會
311 恐怖的報酬
341 解說／為信念與價值奮戰的人們／心戒

目錄

恐怖的行李

打工偵探拷問遊樂園

1

風和日麗的星期天。賞花季節的腳步將近，照理說，我應該飆車去海邊或是河邊享受這溫暖的一天，結果卻和老爸去了新宿。

我們受邀參加歌舞伎町正中央的一家咖啡店包場舉辦的儀式。

咖啡店門口上有張布告，上面寫著「向井康子踏上新旅程激勵會」。

咖啡店中央布置出舞台，康子一身便服站在舞台上。店裡的大部分客人都是高中生，但不是普通的高中生，幾乎都是大哥、大姊頭和飆車族——有人穿著及膝的超長立領制服，也有人穿著好像旗袍般閃亮亮的戰鬥服。總之，在場的幾乎都是不良少年和不良少女。

康子是著名的藝人學園J學園的大姊頭，今年春天，她決定引退了。

康子死去的父親是代表戰後日本（？）的稀世勒索專家，一年半前，我們冴木偵探事務所被捲入了她父親留下的遺產「鶴見資料」引發的爭奪戰中。

當時，康子已經決定要出道當藝人，但那場黑道、殺手、人妖和國家公權力介入的爭奪戰令她心生厭倦，放棄了當藝人的機會。

之後，她就一直走硬派路線，但在三年高中生活即將落幕之際，她決定引退。

——學姊！

——康子姊！

咖啡店內響起尖叫聲，啜泣聲四起。康子快被學妹送上的花束淹沒了。

來賓除了我們冴木父子以外，還有我的家教麻里姊（她之前是女飆車族的大姊頭，現在是未來的律師），還有新宿署的少年組刑警，以及來自各個著名不良學校的歷代大哥和大姊頭，氣氛有點嚴肅。

康子將她的「戰鬥服」交給接棒的學妹後，握緊麥克風。

她的眼眶有點濕潤。

「從今天起，我將變回普通的女孩子，但即使我離開後，妳們（她這時狠狠地瞪那些學妹）也絕對不能沾染強力膠和安非他命，即使黑道大哥威脅利誘，也不能賣（賣春）。萬一被我聽到傳聞，我隨時會破封。」

坐在「來賓席」的老爸腿上放著康子之前愛用的匕首，但已經封印了。

老爸剛才接過她的匕首時，發誓會負起保管責任。

會場內寂靜無聲。

「雖然我們不成材，但不成材學生有不成材學生的青春，只要不造成別人的困擾，無論我們想度過怎樣的青春，別人都管不著，那是我們的自由。我相信妳們不會想一輩子都不成材，現在是現在，但以後要慢慢開始為未來著想。打架沒關係，有時候甚至必須拚上小命。但是，妳們給我記住一句話，傷害他人其實是在傷害自己。

「從今天起，我要向不良少女說再見，這並不是向社會低頭，或是想迎合這個社會，該奮戰的時候還是會奮戰，但我會努力不要像以前那樣輕易打仗。如果可以……我希望更像個女生，希望聽到別人稱讚我很可愛。」

啜泣聲比剛才更響亮了。康子的確是很照顧J學園學生的大姊頭。她很容易招惹是非，往往一言不和就亮出匕首。一旦惹惱她，就會變得凶殘無比，令人聞風喪膽。但她的這種脾氣都只到今天為止。

「大姊頭康子已經不存在了，從今以後，我只是平凡的向井康子。即使有人沒大沒小地叫我康子，或是在街上瞄我、撞到我肩膀，我也不會和人吵架。」

啪啪啪。康子向眾人行了一禮後，會場內掌聲如雷。

接棒的新大姊頭（那個女生也很可愛）宣誓將遵守康子的教誨，努力維持J學園的和平與安全後，儀式就結束了。

康子沒有要求大家「好好用功」，想必她也知道自己的立場。

散會後，我、老爸和麻里姊一起來到歌舞伎町。康子和學妹去續攤了，雖然她邀我一起去，但我可是避之唯恐不及。

我向來和那些強硬派合不來。

「阿隆，你也不能再混下去了。」

麻里姊走在街頭的人群中說道。今天的麻里姊穿的是蠶絲襯衫，外加合身套裝，一副大家閨秀的打扮。老爸也穿了一套深藍色雙排釦西裝，我則是牛仔褲配運動外套，實在很想揭發冴木家衣櫃的不公平。

「對啊，如果你照子（眼睛）不放亮一點，恐怕沒有女生會理你了。」

老爸居然這麼吐槽我，我忍不住看著他的臉。他有資格說這種話嗎？

這個人不負責任、懶散、沒有工作意願、缺乏道德心、愛賭成性、女人、喝酒樣樣來。老爸可能感受到我惱火的視線，輕輕咳了幾下說：

「好久沒來新宿了，如果你想去打電玩，我可以帶麻里去吃飯。」

「我告訴你，想藉著打發兒子去電玩中心，然後誘惑兒子的家教這種想法太天真了。不要在外面亂晃，趕快回事務所吧。」

說完，我攔下了路過的計程車。

「唉喲，阿隆，我無所謂啊……」麻里姊說。

「麻里姊，即使妳無所謂，我有所謂啊。」

「那你自己回去廣尾就好了。」

「好啊，然後順便向媽媽桑圭子報告嗎？說我直接回家了，老爸和麻里姊消失在歌舞伎町的人潮中。即使下個月的房租暴漲十倍，我也管不了……」

老爸和麻里姊互看了一眼，聳了聳肩。

我將他們塞進打開的車門內。當然是老爸先上車，麻里姊坐中間，然後才是我上車。

「請去廣尾。」我對司機說，計程車立刻上路。

我們父子居住的聖特雷沙公寓位在廣尾，那一帶到處是豪宅、進口食材專門店、精品店、法國餐廳、美容院和蛋糕店，街上到處都是賓士、積架、BMW、勞斯萊斯的超精華地段。

一樓是房東圭子媽媽桑為了打發時間開的咖啡店「麻呂宇」，二樓掛著「冴木偵探事務所」的霓虹招牌。

冴木偵探事務所的格局是兩房一廳，除了兼具事務所功能的客廳以外，老爸和我各睡一間臥室。以地價來說，這裡一個月少說也要五十萬圓的房租，但我們父子承受圭子媽媽桑的盛情，房租只需付行情價的十分之一，而且是有錢再付，絕無催繳。

從咖啡店的店名（註）也不難猜到，圭子媽媽桑是冷硬派推理的超級粉絲，對涼介老爸也心存愛慕。

圭子媽媽桑是家財萬貫的寡婦，如果她和結婚經歷不明確，犯罪經歷可能不少的涼介老爸步入禮堂，我應該可以從此過著衣食無缺，安定富足的生活，但老爸似乎在這一點上和圭子媽媽桑之間展開了殊死的攻防戰。

也就是說，冴木家目前陷入了雙三角關係。

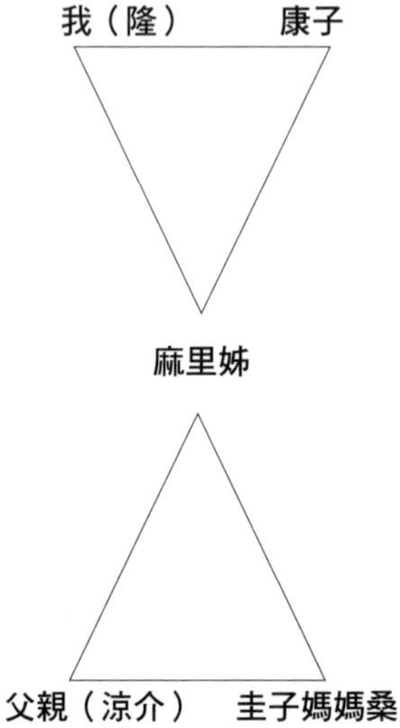

我們在廣尾商店街下了車，推開「麻呂宇」用木材和玻璃做成的大門，立刻聽到圭子媽媽桑的驚聲尖叫：

「啊，你們終於回來了！涼介哥，大事不妙了！」

圭子媽媽桑差不多到了女人一枝花的年紀，和老爸屬於同一個世代，但穿著打扮十分花俏，衣著年齡可以媲美麻里姊。當她和店裡老主顧的S女學院大學的女大學生口沫橫飛地討論化妝和打扮時，「麻呂宇」都是由號稱「廣尾吸血鬼」的星野伯爵在照顧。

星野先生雖是酒保，廚藝卻是一級棒，五十多歲的他個性嚴謹，沉默寡言。聽說他有白俄人的血統，身材高大，穩重而充滿中年男子的魅力，不少有戀父情結的女大學生都是他的粉絲。

平時無論媽媽桑再怎麼聒噪，星野先生總是連眉頭都不皺一下，今天卻難得露出嚴肅的表情。

咖啡廳內空無一人，不知道是不是剛好沒客人。

「大事不妙了，你先坐下。阿隆，你也坐，還有麻里小姐——」

平常時候，圭子媽媽桑和麻里姊老是為了爭奪老爸而針鋒相對，只要一見面，雙方互瞪的眼中似乎會冒出火花，今天的圭子媽媽桑似乎沒這份閒情逸致。

「媽媽桑，妳的衣服被偷了嗎？」

聽說媽媽桑家裡三房一廳的空間有一半都被她的衣服占據了。我對她開著玩笑，在吧檯前坐了下來，旁邊坐著麻里姊和老爸，我們三個人在直線上的位置關係和在計程車

註：「麻呂宇」的日文發音「まろう」音似冷硬派大師錢德勒筆下名偵探馬羅。

的後車座時完全一樣。

「阿隆，才不是呢。這棟公寓要易主了。」

「什麼？」麻里姊驚叫：「這棟公寓不是登記在妳的名下嗎？」

「對啊，但是剛才有一個人上門，說要用這棟房子抵我死去的老公向他借的錢。」

「現在才來催債？太莫名其妙了。」我說。我記得圭子媽媽桑的老公十年前就死了，當然，那時候我和老爸還沒住進這裡。

「是啊，我也搞不清楚，但他說我老公向他借了一億。」

「一億!?」

星野先生將剛泡好的咖啡倒在杯子裡，放在我們面前。老爸點起菸，看著媽媽桑。

「那個說妳老公欠他錢的人是誰？」

「他在銀座開畫廊，我不認識他，但聽說我老公認識他。」

「是喔。我記得妳死去的丈夫是畫家。」

麻里姊說完，環視著「麻呂宇」。店裡掛了幾幅油畫，我之前也曾經聽說，那是媽媽桑的老公生前的作品。

「對，他出示了我老公寫的借據，筆跡沒有造假，也蓋了印章。」

媽媽桑的萬貫家財並不是來自那位畫家老公的遺產，而是她娘家有錢。她死去的老公是不得志的畫家。

「為什麼現在才來要錢？」我問。

「聽那個人說，他之前提供這筆錢是為了投資我老公的才華，所以原本並不打算追討，但最近無論如何都需要一筆錢，所以希望我還錢……」

「太莫名其妙了。」

我看著麻里姊。麻里姊是法律系學生，今年準備參加司法考試。

「這種債不用還吧？」

「是啊……還真的有點奇妙，但如果對方有借據，一分錢都不付似乎也不太可能。照理說，對方應該在媽媽桑的丈夫去世時就應該有所行動。」

「媽媽桑，妳是怎麼回答他的？」老爸問。

「我說事出突然，我要和信得過的朋友商量後再回他消息……」

信得過的朋友啊……就算不是一億，只是一萬圓，只要是跟錢有關的事，我認為老爸都沒辦法解決。

「老爸，你去見見他吧。」

我說。雖然老爸沒有絲毫支付能力，但他很擅長討價還價。

「我怎麼可能有一億現金，如果要付的話，只能把這棟聖特雷沙公寓賣掉。」

開什麼玩笑。如果離開這裡，冴木父子就沒有棲身之處了。不要說廣尾，找遍全東京也找不到像圭子媽媽桑這麼奇特的房東，願意收留沒有固定職業，也沒有固定收入的不良中年人和他兒子當房客。

「我去了解一下情況。」老爸說。

「太好了。」

圭子媽媽桑拿出名片，老爸接過來後，我探頭張望。名片上寫著「銀座　幸本畫廊．幸本吉雄」。

「他現在人在那裡嗎？」

「對。」媽媽桑點頭回答了老爸的問題。

老爸伸手拿起店裡的電話，撥通了名片上的號碼，告訴接電話的人，媽媽桑向他提了借款的事。

電話那頭似乎換了另一個人聽電話，並問了老爸和媽媽桑的關係，老爸回答說是朋友。

「……。我知道了，那我馬上過去。」

老爸和對方只聊了兩句話，就這麼說道，然後掛上電話。

「情況怎麼樣？」

「現在去和他見面。阿隆，你也一起來。」

老爸站了起來。

「對方急得彷彿要趕著投胎。」

2

幸本畫廊位在銀座並木大道上一棟大樓的一樓，附近的大樓幾乎都是酒吧或是酒店。星期天的傍晚，路上幾乎沒有行人，路旁有一整排車違規停車，應該都是為了去前面的百貨公司血拚。

巨大的玻璃櫥窗旁有一扇門，上面以金色的字印著「幸本畫廊」。櫥窗裡掛的是塗滿雜亂色彩和幾何學圖案，簡直就像鬼畫符的抽象畫。

老爸站在門前，輕輕摸了摸衣襟。他的內側口袋微微鼓起，因為裡面放著康子那把封印的匕首。

老爸緩緩推開門。裡面大約五坪大，中央放著小型沙發和茶几，牆上掛滿了畫，每一幅都和櫥窗裡的畫差不多，是需要一點腦力和精力才能鑑賞的抽象畫。

老爸站在空無一人的展示室中央叫了一聲：

「有人在嗎？」

「來了。」

裡面有一扇貼著「辦公室」幾個字的門打開。一個戴著深度近視眼鏡的肥胖男子走了出來。這個年約五十的男人穿著灰色西裝搭配黃色背心，長相看起來很不好惹，乍看之下不像是畫廊老闆，比較像房屋仲介公司的老闆。也就是說，他看起來不像是黑道大哥，但也不像規矩人。

「幸本畫廊」內只有他一個人，他看起來不像是會賺大錢的樣子，很難相信十年前能一口氣借一億圓給圭子媽媽桑的老公。

那名男子看了看我和老爸，並沒有料到我們就是剛才打電話給他的人。

「你是幸本先生嗎？我是剛才打電話給你的冴木，他是我兒子，目前是我助理。」

他聽到老爸的話，立刻瞪大了雙眼。

「啊，真是太失禮了，請坐，請坐。」

聽他說話的口氣不像是壞人。我和老爸在沙發上坐了下來。

「原本在這裡幫忙的人剛好出去辦事了，招待不周……」

「沒有關係，我只是想來了解一下情況。」

老爸用平靜的語氣說道。老爸沒有一開口就用氣勢嚇倒對方，似乎想探對方的底。

那名男子在我們對面坐下來，接過老爸遞給他的名片。

「冴木偵探事務所……不好意思，請問你和聖特雷沙公寓的河野夫人是什麼關係……」

圭子媽媽桑姓河野。

「我租了那裡的二樓，是她的房客，我兒子也很受她的照顧，她和我們家的交情很不錯。」

那名男子默默地點頭，看著老爸的臉，他似乎懷疑圭子媽媽桑和老爸的關係不單純。

「為了避免誤會，我要聲明一下，我和圭子小姐的關係就是我剛才說的那樣，只是她剛好找我商量這件事。因為我也在聖特雷沙公寓租了房子，如果要離開那棟公寓，會很傷腦筋，所以才多管閒事。」

「原來是這樣……，你的職業是……」

「名片上有，我的職業是調查業，也就是私家偵探。」

男子倒吸了一口氣。

「私家偵探嗎？」

他一定覺得老爸很可疑。

「只是零零星星地接一些調查失蹤人口的案子。」

老爸當然不可能在初次見面的人面前說他是運用當單幫客的經驗，專門幹一些和人火拚的勾當。

「是喔……」男子好奇地點點頭說：

「除此之外，還接一些什麼案子？」

「離婚問題雖然不是我的業務範圍，但我也會接一些不方便報警的犯罪調查工作。」

男子——幸本雙眼一亮。

「一旦接了案子，會為委託人保守祕密吧？」

「那當然，即使最後遭到警方追究，在上法庭之前，我都會守口如瓶。」

「你曾經遭遇過生命受到威脅的情況嗎？」

「有啊，不過兩者有什麼關係嗎？」

「不，我只是覺得你的工作很有趣，有點好奇。不好意思。」

幸本哇哈哈地笑了起來，好像頓時變成了時代劇裡那種不肖運輸業者的壞蛋。

「對了，關於一億圓債務的事……」

老爸一開口，幸本就搖搖頭說：

「那件事，我後來仔細想了一下，事隔這麼久還叫人家還錢似乎太異想天開了。」

「啊？」

「我反省了自己的輕率行為，回想起來，我賞識河野先生的畫已經是十多年前的事了。那時候，我剛好繼承了我父親的遺產，希望把這些錢用在有意義的地方。因為我父親在這一帶有一些土地，我繼承之後，就把那些地賣了。」

「河野先生把那筆錢用在什麼地方？」

「那我就不清楚了，畫家通常和一般人不太一樣……。可能去旅行或是買畫材，或是用在我們常人難以理解的地方。」

「但一億圓可是一大筆錢。」

「對，老實說，我也知道別人會懷疑。這麼說或許有點那個，但我們畫商遇到賞識的畫家時，有時候會不計成本地投資他的才華。」

「但河野先生最終沒有成名吧？」

「是啊，但這也是可以預計的風險。」

「這麼問很不好意思，但這樣不是在做賠本生意嗎？」

雖然老爸很俗氣，但我也很想問這個問題。

「是啊。比方說，目前櫥窗裡展示的那幅畫，是一位名叫露木的年輕天才畫家的作品，我出錢供他去巴黎留學，目前那幅畫就值八千萬。」

「八千萬！」

「對，他在巴黎頗受好評，尤其是一位前貴族的富太太積極收購他的畫作。」

幸本說。我聽他說話時，有一種奇妙的感覺。幸本開始聊畫之後，臉上似乎就蒙了一層陰影。

「所以，你投資那位叫露木的年輕畫家就值回票價了嗎？」

「是啊。畫商不光是買賣畫作而已，更希望能在自己有生之年，可以培養出這樣的天才畫家。現在那些有才華的人往往不願意投靠像我這種小規模的畫商……，通常都由大型畫廊提供贊助……」

「原來是這樣。」

「不過汧木先生你們那一行的話，私人偵探反而比較能讓委託人有信賴感。」

「我努力做到這一點。」

老爸挺起胸膛回答，他似乎聽出了幸木這番話的言外之意。

「關於河野先生債務的事……」

「我明天就會把借據寄還給圭子夫人。」

「真的嗎？」老爸也忍不住驚訝。

「對，因為畫商不應該靠畫作以外的方式回收對畫家的投資，這種行為違反職業道德。」幸本回答得很乾脆。

「但聽說你突然需要一大筆錢……」

「沒錯，但這個問題已經解決了。」

「是嗎？」老爸失望地說。我也有同感。不過，反正事情圓滿落幕就好。

「但我有一個條件……」幸本猛然向前探出身體說。該來的逃不過啊……我在內心嘀咕。

「冴木先生，我有一事相求。」

「——什麼事？」

「雖然很難以啟齒，但我可以說算是交換條件嗎？」幸木的表情十分嚴肅。

「所以，是用這個條件抵一億圓的債務嗎？」

「對，但我想拜託你的絕非違法之事，只是對我來說很重要，我也希望你能保守秘密。」

老爸停頓了一下後回答：「好，我竭盡一己之力接下你的任務。」

幸本吐了一口氣說：「我想委託你幫我去拿一件貨品。我會交一張支票給你，然後你幫我將貨品拿過來。」

「所以是交易囉？」

「對，但那件貨品絕對沒有違法。」

老爸點點頭說：「好，我要在什麼時候、去哪裡？」

「交易對象在赤坂的飯店裡，如果你願意去，我會和對方聯絡，今天或是明天都可以，但當然是越快越好……」

老爸瞥了一眼手表。時間是剛過下午四點三十分。

「好，那我現在就去。」

「太好了，請等我一下。」

幸本說完站起身，快步消失在標示著「辦公室」的門內。

我看著老爸，老爸也面無表情地看著我。

只要當一次快遞小弟，就可以抵掉一億圓的債務，未免也太簡單了，其中一定有隱情。

老爸似乎也有同感，但似乎覺得眼前也只能答應幸本提出的條件。

不一會兒，幸本推門走了出來，手上拿了個信封。

「我已經和對方談好了，他會在赤坂的K飯店八〇一號房等你。你拿到東西後請原封不動地送來這裡。」

幸本說最後一句話時特別加重語氣。

「我了解了。」

「我會在這裡等你，啊，對了，如果方便的話，在你離開K飯店時，是否可打個電話給我？或許我們可以約在其他地方交貨。」

「所以要在電話聯絡後決定交貨地點嗎？」

「對。」

幸本點點頭。老爸注視著幸本說：「我可以請教貨品的內容是什麼嗎？」

「只要你拿到就知道了，我希望你可以原封不動地交給我。」

「是嗎？」老爸說完，接過幸本交給他的信封。我站了起來。

「記得要打電話給我。」

老爸推門出去時，幸本在背後叮嚀。

我和老爸走上並木大道上時，兩人同時邁開步伐。暮色漸近，違規停車的數量慢慢減少。如果是非假日，現在才是銀座夜晚拉開序幕之時，街上會到處都是漂亮的酒店美眉和酒店老小姐，如今卻很安靜。

「你怎麼看這件事？」走向地鐵車站時，我問老爸。

「嗯……，你有菸嗎？」老爸停下腳步問。

我遞給他七星淡菸，老爸抽出一支叼在嘴上，簡短地命令：「火。」

我嘆了口氣，遞上一百圓打火機。

老爸用手掌遮住打火機的火，回頭看著剛才走過的路。

老爸吐了一口氣，再度大步走了起來。我只好趕緊跟上去。

來到地鐵入口時，老爸在樓梯前停了下來。

「我很確定一件事，有人在監視那家畫廊。」

3

「監視？誰在監視？」

「監視的人分別坐在兩輛車子上，停在斜對面的深藍色賓士和白色的Skyline的廂型車。廂型車裡的人拿著照相機。」

「會不會是外遇調查？搞不好飯店的那個是他的**情婦**，正在等他的**包養費**。」

我們坐上地鐵丸之內線時，我對老爸說。老爸的那輛廂型車去驗車了，要等明天才拿回來。

「如果只是調查外遇，怎麼可能動用到兩輛車？而且，幸本也知道自己被盯上了，所以才會找我們代勞。」老爸拉著吊環說。

「我們沒有被跟蹤嗎？」

「沒有。可能因為帶著你這個小鬼，所以沒有引起懷疑吧。」

「你覺得那些是什麼人？」

「不像是業餘的。」

「什麼意思？該不會是**單幫客**？」

「有可能。」

「我有一種不祥的預感，貨品該不會是炸彈吧？」

「只能忍耐了，為了一億圓，搞不好他會叫我們扛原子彈。」

涼介老爸若無其事地說，我聳了聳肩說：

「要扛你扛，我只是作陪的。」

我們在赤坂見附下了地鐵，走路去K飯店。

K飯店在赤坂眾多飯店中屬於中等水準，大部分都是不願在住宿上花大錢的外國觀光客。

一走進大廳，不知道是不是因為剛好是吃飯時間，大廳內擠滿了白人、黑人和黃種人等各種膚色人種。沙發上坐著正在等人的阿拉伯人，和從服裝、化妝上一看就知道是來招徠生意的應召女郎。

「感覺好雜亂。」

我和老爸一起走向大廳深處的電梯。

「這裡有百分之五十是觀光客，百分之三十是生意人，還有百分之二十是罪犯。」

老爸摁了八樓的按鈕，靠在電梯壁上。

「沒有單幫客嗎？」電梯門慢慢關上時，我問老爸。

「單幫客都住一流或三流的飯店。因為一旦發生事情，警察首先會調查這種二流飯店。」老爸說。

我們在八樓出電梯。八〇一位在距離電梯很遠的走廊盡頭。

走在磨損起毛的紅色地毯上，各式各樣的人的體味和消毒水的味道撲鼻而來。

不知道哪個房間傳來電視的聲音，這家飯店似乎在隔音設備上沒花什麼錢。

來到八〇一號房門前，老爸輕輕敲了敲門。

無人應答。老爸又敲了一次門。

「——誰啊？」

裡面傳來男人的聲音。聽起來像是疲憊不堪的病人。

「我是幸本先生派來的。」老爸說。

啪嗒一聲，門打開了，但仍然掛著門鏈。

一個身穿黑色皮夾克，留著長髮的男子探出頭來。他的長髮及肩，瘦巴巴的，氣色很差，而且滿頭大汗。

男子的年紀不滿三十歲，他似乎很不舒服，一隻手按著胃。

他的頭髮挑染成金色，模樣看起來就像是不紅的搖滾歌手墮落成藥頭的感覺，或是真的有毒癮的毒蟲。

他顫抖的手從門縫伸了出來。

「錢帶來了吧？」

「就在這裡。」

老爸察覺對方應該是黑暗世界的人，所以說話的語氣很嚴肅。

「拿來。」

「一手交錢，一手交貨。」

男子舔了舔嘴唇，看著老爸，接著發現站在老爸身後的我，馬上瞪大了眼睛。

「你們是什麼人——？」

「嗨！」我對他露出微笑。

老爸拿出信封，出示給他看。

「貨在哪裡？」

「地下停車場的車子裡，是在機場租的車子，一輛白色可樂娜。」

他從夾克口袋裡拿出車鑰匙。他的手抖得很厲害，正打算隔著門交給老爸時，鑰匙從他手上滑了下來。

鑰匙在地上彈了一下，掉在男人的腳旁。

「媽的……，那個死老太婆——」

男子呻吟著，突然翻著白眼，靠向門倒了下來。

「喂——」

就在男子的體重幾乎把門關上時，老爸用力頂住門。

咚。一聲沉悶的聲音，男人倒在門內的地上，鑰匙被他壓在身體下面。

「喂，你怎麼了？你醒一醒。」

即使老爸拚命叫他，他也完全沒有反應。老爸擔心門關上就會鎖住，抓住門把看著我。

「他好像生病了？」

「搞不好不是生病。」

老爸說著，用力推門。因為那名男子靠著門倒下去，再加上門鏈沒拿下來，所以無法將門推開到能將男子壓在身體下的鑰匙拿出來。

「真是夠了。」老爸嘀咕著，抓了抓下巴，「你來頂住。」

老爸叫我代替他頂住門，以免門關起來。飯店房間的門都會自動上鎖，一旦鎖上之後，除非有鑰匙，不然無法從外面打開。

「我想到了。」

老爸從上衣內側口袋拿出康子的匕首，撕開封條紙，從刀鞘裡拔了出來，以匕首的刀尖插進門鏈的其中一節。

老爸將門稍微關起後，以刀尖滑動門鏈。

我掩護老爸，萬一有人從其他房間走出來，也不會看到他。

啪地一聲。

「好了。」老爸說。門鏈鬆開了。他立刻收好匕首，想推開門。那名男子躺在地上一動也不動。

「一、二。」

我們合力推開門，那名男子的身體往旁邊一滾，門才終於打開。我和老爸立刻閃了進去。

男子躺成大字形，翻著白眼，看著天花板。

「怎麼樣？」

我問跪在地上，用指尖搭著男子脖子的老爸。

「翹掉了。」

「死了？」

老爸點點頭，從男子身體下面拿出鑰匙。

我環視房間內，單人床旁的行李袋是唯一的私人物品。

「小心不要到處亂碰。」

老爸說完，將手伸進男子的夾克，用指尖拿出皮夾和護照。

那是日本護照。老爸翻開護照，檢查出入境的印章。

老爸接著翻開皮夾，裡面有四萬圓日幣的現金和票面很大的外國紙幣。

「是哪個國家的錢？」

「法國法郎，這傢伙好像一直住在法國，今天剛回到日本。」

「一踏上祖國就送了命。」

老爸翻開男子的眼皮，接著動作俐落地翻起夾克下襯衫的袖子。

老爸將男子的袖子翻到雙手手肘的位置檢查靜脈。

「應該不是毒品中毒。」

「是生病嗎？」

老爸沒有回答，將袖子放下來，正想幫他扣好釦子時，手停了下來。

男子左手腕內側有一道小傷口。傷口長約一公分左右，微微滲著血，好像是被刮傷的痕跡，周圍瘀青發紫。

老爸用懷疑的眼神觀察傷口，接著拉好袖子，再度拿起護照翻了起來。我站在老爸背後探頭看著護照。

男子名叫神谷晴夫，二十七歲。護照上沒有寫工作單位，聯絡地址是新宿的公寓。

「你記得住嗎？」老爸問，我點點頭。

「他怎麼死的？」

「根據我的直覺，他不是病死的。」

「被人暗殺？下了毒嗎……？」

「——無論如何，我們先離開這個是非之地。」

「要不要報警？」

「怎麼可能報警？幸本說要保密。」

「他該不會是想嫁禍給我們吧？」

老爸搖搖頭。

「這傢伙雖然被人殺害，但凶器並不是刀槍。如果想嫁禍給我們，應該會選擇其他方法下手。」

老爸從口袋裡拿出手帕，擦去皮夾、護照和夾克上的指紋。

「我們只負責將受委託的貨帶回去，因為這是和客戶之間的約定。」

「支票怎麼辦？」

老爸想了一下說：

「如果留下支票，就會成為幸本也牽涉其中的證據，而且，死人拿了錢也沒用，拿回去還給幸本吧。」

我聳了聳肩。

老爸走向行李袋。以不會留下指紋的方式打開拉鏈，檢查行李袋裡的物品。

「有什麼東西嗎？」

「沒什麼重要的，都是換洗衣物。」

老爸拉好拉鏈，轉過身。

我走向書桌。電話旁有幾張便條紙，用潦草的字跡寫著電話號碼。

「老爸。」

老爸走過來看著電話號碼。

「這是幸本畫廊的電話。」

「怎麼辦？」

「那也沒辦法了。」

老爸連同後面的兩、三張便條紙一起撕了下來。

「這是湮滅證據嗎？」

「可能吧，一億圓的代價真不小。走吧。」

老爸催促著我離開。

老爸轉動著以手帕包住的門把，探頭張望走廊。走廊上沒有人。我們立刻閃人出去。

我們搭電梯來到地下停車場。

幸好停車場也沒有人。我和老爸分頭尋找「わ」車牌的白色可樂娜。

很快就找到了可樂娜。在停車場的角落，後車座的行李上蓋著毛毯。

老爸將車鑰匙插進門鎖，開了門，我和老爸上了車。

橢圓形的行李長約一公尺左右，我正準備掀開毛毯。

「等一下再看吧，趁沒有人來，先離開這裡。」

老爸說完，發動了引擎，拿起儀表板上的停車卡。

老爸將停車卡交給停車場出口的警衛，警衛揮了揮手，示意我們離開。住宿客似乎可以免費停車。

等到行駛在外堀路上後，我回頭看著後車座的行李。

天色已經暗了下來。

我翻開毛毯。

「裡面是什麼？」

「怎麼了？」

老爸繼續開車問我。我一時語塞。

當遇到紅燈停下時，老爸回頭一看，立刻瞪大了眼睛。

「喂，這是怎麼回事？」

「別問我。」

毛毯下是一只籐條編織的籃子，籃子裡鋪了毛巾被，上面躺著嬰兒。嬰兒閉著眼睛，從嬰兒的胸口有規律地上下起伏來看，他睡得很熟。

「這就是貨？」

「好像是這麼回事。」

嬰兒胸口放了一瓶喝剩一半的奶瓶。

老爸骨碌碌地轉動著眼珠子。

「怎麼會這樣？」

「還是趕快去拿給他吧。」

「他可沒說是生鮮物品。」

後面的車子猛按喇叭，號誌燈早就變成了綠燈。

老爸慘叫了一聲，繼續開著可樂娜。

「不是要打電話給他嗎？」

「我都忘了這件事。」

來到日比谷路時，老爸打了警示燈，駛近人行道。護欄內側有電話亭。

「真是夠了。」

老爸下了車，跨過護欄，我再度回頭看著嬰兒。

嬰兒的臉頰紅通通的，睡得很香甜。我想從嬰兒身上的衣服和奶瓶上尋找名字，但沒有找到任何線索。

我甚至連這個嬰兒是男是女都搞不清楚，也不知道有幾個月大，但從不像猴子一樣滿臉皺巴巴，人模人樣的臉看來，應該不是剛生下來的。

我還是第一次這麼近距離仔細觀察嬰兒咧。

之前即使在公園或是街上看到嬰兒，都覺得他們是只會哇哇大吵，極度惹人討厭的動物，沒想到嬰兒熟睡時，柔弱而毫無防備的表情這麼讓人感動。

阿隆我雖然是高中生，但父愛在內心油然而生啊。

乖，乖，沒什麼好擔心的喔，乖乖睡覺吧。

老爸推開電話亭的門走了出來，對我搖搖頭。

「沒有人接電話。」

「怎麼辦？」

「先去看看再說。」

老爸再度發動可樂娜，調頭駛向並木大道。

「你不是說有人在監視他？」

「如果幸本也被幹掉就慘了。」

老爸說話時，我們已經到了並木大道。

可樂娜緩緩經過幸本畫廊前。畫廊內亮著燈。老爸剛才說的賓士車和Skyline的廂型車不見了。

「監視他的人好像不見了。」

「我有不祥的預感。」

老爸放慢速度，將車停在路邊，回頭看後方。

「我去察看一下。」我說完便下了車。

幸本畫廊附近沒有別的車輛，我緩緩走在畫廊對面的人行道上，經過畫廊大約十公尺左右，過了馬路。

附近的大樓都黑漆漆的，除了整晚都亮著燈的看板以外，只有幸本畫廊內還亮著燈。

我在櫥窗前停下來，注視著聚光燈照射的抽象畫。然後，推開幸本畫廊的門。

「你好。」

我慢慢推開門，展示室內空無一人。我又叫了一聲。

「你好。」

「辦公室」的門敞開著，走出一個神情可怕的白人老太婆，她比我還高，滿頭銀髮高高地盤了起來，穿著彷彿男裝的線條剛硬的灰色西裝。

「……」老太婆看著我的臉，不知道說了什麼。她說的不是英語。

「呃，我在高中參加美術社團，看到門口的畫很感動，我可以進來參觀一下嗎——？」

「……！」老太婆氣勢洶洶地對我咆哮。她伸出右手，把我推到門口。她的左手藏在背後。

「已經打烊了嗎？結束了嗎？不行嗎？No？」

「Go out—！」

老太婆終於以英語說話了，她說話時的濁音特別重。

我一走出門外，老太婆立刻將門反鎖，然後轉過身。我終於看到了老太婆藏在身後的左手拿的是什麼東西。

是針筒。

恐怖的搖籃曲

打工偵探拷問遊樂園

1

畫廊內有針筒——無論怎麼想，都覺得必有蹊蹺。

我目送銀髮老太婆快步消失在幸本畫廊的「辦公室」門內。

情況似乎很不妙。

幸木突然生病，由那個不知道是醫生還是護士的老太婆為他治療？這根本是天方夜譚。醫生是外國人這件事並不值得大驚小怪，但她不會說日文，這不是很不方便嗎？

我從幸木畫廊的入口後退。

走回並木大道上老爸停車的位置。

來到可樂娜旁時，我四處張望後，才上車坐在副駕駛座上。

「怎麼樣？」

老爸看著角度對準幸本畫廊的照後鏡問。

「太詭異了，出現一個奇怪的白人老太婆，氣勢洶洶地把我趕走。而且，那個老太婆藏在身後的手上還拿著針筒……」

我回頭確認嬰兒的情況回答。嬰兒睡得很香甜。

「針筒？很粗的針筒嗎？」

「不，細細長長的。」

「普通的皮下注射用的嗎？」

「比那個稍微長一點。」

老爸也露出納悶的表情。

「幸本呢？」

「沒看到，可能在裡面……」

「真傷腦筋。」

老爸難得說這句話。

「怎麼辦？還是要我變裝一下，說我是快遞，送嬰兒上門了？」

「這個提議太爛了。」

「這樣下去也不行吧？但如果你有哄嬰兒的本事又另當別論了。」

我再度看了嬰兒一眼，這時，嬰兒剛好稍微翻了身，頭左右動了一下，打了個很輕的呵欠，或者該說是嘆息呢？我實在太驚訝了，沒想到這麼一丁點大的小鬼也會打呵欠。

我和老爸都忍不住倒吸了一口氣。

「這小鬼會不會醒過來？」

老爸輕聲問。他的聲音無疑地透露出恐懼。

「……好像沒問題。」

我也小聲地回答後，看著老爸。

「嬰兒睡的時候通常都會哭。」

「如果嬰兒在這個時間，這種地方的車裡哇哇大哭，警察一定會來抓我們。不妙吧。如果警方懷疑我們是綁架犯，我們就百口莫辯了。」

「阿隆，該怎麼辦？」老爸瞪著嬰兒問。

「至少我不想一直留在這裡。」

「帶回家嗎？」

「還是送去派出所？或是附上『祝嬰兒幸福』的信，放在教堂門口？」

「別開玩笑了。」老爸說著，伸手發動引擎。「先搞定嬰兒再說，然後再找幸本談。」

「沒問題啊，如果可以找到幸本的話。」我回答。我嗅到了危險的味道。

如果那個針筒裡的不是感冒藥，也不是維他命，更不是會讓心情變得很嗨的毒品，如果針筒的目的地是幸本的手臂，搞不好就再也見不到幸本了。

K飯店那個名叫神谷的長髮男子臨死前說的話在我腦海盤旋不去。

「媽的……那個死老太婆——」神谷臨死前留下這句話。

神谷不是因病死亡，如果是因為打了一針後心情嗨翻天而死——針筒和毒藥的搭配不是很合情合理嗎？

可樂娜行駛到距離聖特雷沙公寓十分鐘車程時，後車座響起「嗯啊，嗯啊」的哭泣聲，幾乎震破了我的耳膜。

「喔喔。」

老爸看著照後鏡，我叫了起來：「完了。」

嬰兒——我終於了解為什麼日文中要叫嬰兒「紅寶寶」了。因為嬰兒哭的時候臉漲得通紅——他整張臉皺成一團，正用盡渾身的力氣哭喊。

在狹小的車內聽到嬰兒號啕大哭，我的耳膜真的快吃不消了。

「阿隆，趕快想想辦法。」

老爸握緊方向盤。

「我能有什麼辦法……」

「隨便啦，你去哄一下。」

迫於無奈，我只好探身出副駕駛座的椅背，輕撫嬰兒的臉龐。

「小寶寶。」

我甩動手掌扮鬼臉。

「呀唬！」

無效。

「不是有小臉小臉變不見那一招嗎？」

老爸說話完全不負責任。

「我說啊……」

「不要裝酷了，趕快試試看啊。」

「小臉小臉變不見！」

無效。嬰兒仍然放聲狂哭，不，可能還造成了反效果，嬰兒哭得更激烈了。

「是不是有什麼問題？還是生病了……？」

「還是有哪裡痛？」

「我怎麼知道？小鬼又沒說。」

「餵牛奶，趕快餵他牛奶。」

「對喔……」

我慌忙拿起嬰兒胸前的奶瓶，拿下蓋子，想放進嬰兒的嘴裡。嬰兒沒有咬住奶嘴，反而拚命搖頭，握緊兩隻小手哇哇大哭。

「喝吧，寶貝，這是牛奶，牛奶啊。」

我盡力了，但還是無能為力。

老爸只好將車停在路肩。

「怎麼了？還是不行嗎？」

老爸拉起手剎車，回頭看著嬰兒。

「好像不行，小鬼根本不吃。」

老爸無奈地搖搖頭。

「你這樣怎麼行。來，給我。」

老爸從我手上拿過奶瓶，將奶嘴放進嬰兒嘴裡。我覺得他根本是硬將奶瓶塞進嬰兒的嘴裡。

沒想到，嬰兒居然不哭了，而且還雙手抱著奶瓶大口喝了起來。

「成功了。」

阿隆我忍不住用敬佩的眼神看著老爸。

嬰兒真的是用盡吃奶的力氣喝牛奶，那樣子可以用「貪婪」這兩個字來形容。說起來很奇妙，看到小鬼拚命的模樣，就會深深地覺得，人類也是動物。這種動物的樣子並不醜陋，反而令人感動。

嬰兒喝完牛奶後，把奶瓶拿開，臉上露出心滿意足的表情。

沒想到他突然發出「嗝」的聲音，接著將剛喝下去的牛奶全都吐了出來。

「嗚哇。」

嬰兒的牛奶都吐在他自己衣服上，但我們父子還是忍不住往後縮。

「果然生病了！這樣不太妙，萬一死了怎麼辦？」

嬰兒再度哇哇大哭起來。

老爸也露出傷腦筋的表情。

「先去『麻呂宇』再說吧，圭子媽媽桑說不定可以搞定。」

「媽媽桑沒有生過小孩。」

「總比我們強吧，她畢竟是女人，總有母性本能吧。」

老爸簡直異想天開。他發動了可樂娜。

我擔心死了，嬰兒哭得稀哩嘩啦。阿隆我拚命對著小鬼扮鬼臉，沒想到價值百萬的微笑也因為代溝，完全派不上用場。

嬰兒越哭越凶，聲嘶力竭的哭喊簡直像被火燒到了屁股。

老爸也十萬火急地冒著超速的危險飆車，在黃燈即將變成紅燈的路口，拚命閃燈、按喇叭，強行通過。

轉彎的時候，輪胎發出慘叫聲，我費了九牛二虎之力，才好不容易按住嬰兒，沒從籃子裡飛出來。

可樂娜在「麻呂宇」門口緊急剎車，剎車聲非常尖銳。

「阿隆！趕快帶進去！」

老爸大叫，我衝下副駕駛座，連同籃子一起將嬰兒抱了起來。

嬰兒連同籃子的重量最多不超過六、七公斤，輕得讓人難以相信這也算是人嗎？

「媽媽桑！」

我大叫著衝進去。老實說，這樣的行徑很容易招致左鄰右舍誤會，但我現在沒工夫理會這些。

一衝進「麻呂宇」的門，發現剛聽到剎車聲和大叫聲的媽媽桑和星野先生因為茫然於發生了什麼事，都站在吧檯內探頭張望。

康子也在吧檯角落。她似乎草草結束了續攤趕來這裡，不知道是不是在等我們回來。

「阿隆！」

「救命，mayday（註），help me！」

我上氣不接下氣地衝到吧檯，放下嬰兒。

媽媽桑大驚失色地看著籃子裡的嬰兒。

「這，這個……這……」她說不出話來。

「大事不妙了，這小鬼喝完牛奶之後開始狂吐，我和老爸都急死了，擔心是不是生病了。」

「但是，我……」

媽媽桑也露出焦急的表情。

「阿隆。」康子站在我身旁，表情超可怕，「這是誰的孩子？」

媽媽桑也終於回過神，「對啊，這是誰的孩子？該不會——」

「不是，不是，不是老爸的。」

我慌忙否認，康子的雙眼立刻變成了三角眼。

「該不會是你……？」

「拜託！為什麼高中生就要當爸爸？別廢話了，先搞定這個小孩子再說，剛才吐

註：mayday為國際通用的無線電通話遇難求救訊號。

了，現在又哭成這樣——」

媽媽桑吞著口水，低頭看著嬰兒。

「不行，我又沒生過孩子。」

「剛才喝完牛奶馬上又吐出來了，是不是生病了？」

「那要趕快找醫生來。」

「要不要打一一九？」

星野先生伸手正準備打電話。老爸走了進來，憂心忡忡地站在吧檯前。嬰兒繼續哇哇大哭。

康子突然問：「有沒有幫嬰兒拍背？」

「啊？」

所有人都看向康子。

「喝完牛奶後，有沒有拍背？」

「為什麼？為什麼要拍背？」

康子默默地伸手到嬰兒的脖子下方抱起他，右手輕輕拍背。

嬰兒打了一個連大人都自嘆不如的嗝。

然後，哭聲嘎然停止，變成了幾乎聽不到的哼哼聲。

所有人都啞然看著康子。

「喝完牛奶之後，如果不幫嬰兒拍背，讓他們打嗝，嬰兒就會很不舒服，剛才也是因為這個原因才會嘔吐。」

康子淡然說道，然後，拿起剩下少許牛奶的奶瓶，將奶嘴放進嬰兒的嘴裡。嬰兒再度喝了起來。

「康子，妳太厲害了。」媽媽桑佩服地說。

「妳是過來人嗎？」我忍不住問。

「白癡。」康子狠狠瞪了我一眼，「國中時，我曾經打工當保姆，那時候學會的。」

「真是敗給妳了。」

我拉了吧檯旁的椅子，一屁股坐下來。老爸也在我旁邊坐下來。

「可把我急壞了。」

但奶瓶一拿開，嬰兒又哭了起來。

康子輕輕搖晃著、哄著嬰兒，她的動作很有架勢。嬰兒稍微停止哭泣，但只要康子一停下來，又馬上哭了起來。

康子終於搖了搖頭說：「我不行啦。」

「什麼意思？」

「可能剛才吐過的關係，所以嬰兒有點神經質，這種時候要親生父母才行。」

康子打算將嬰兒放回籃子。

「等一下。」老爸說著，接過嬰兒。但就連我都看得出他的動作很生硬。

沒想到嬰兒居然不哭了。老爸輕輕搖晃時，那個小鬼居然呵呵笑了起來。

所有人再度啞然。圭子媽媽桑用銳利的眼神瞪著老爸說，「涼介哥——」

老爸猛然驚醒，四處張望著。

「媽媽桑，別誤會。這孩子……」

「康子剛才說，只有親生父母才行。」

圭子媽媽桑難得用這麼嚴肅的口吻說話。

「不，或許康子說的沒錯，但妳誤會了。該怎麼說，這是別人託我拿的貨。」

老爸手足無措。看到小鬼被搞定了，我鬆了一口氣，忍不住笑了起來。

「阿隆，你不要笑，趕快解釋啊。」

「還有什麼好解釋的？我是委託你去辦事，為什麼你會帶回一個嬰兒？涼介哥，如果有人願意幫你生孩子，你想搬出聖特雷沙公寓，和那個人一起生活，我完全不會阻攔你。」

媽媽桑瞪著三角眼，眼眶似乎開始泛紅。

「媽媽桑，妳誤會了。我去見了幸本，結果就變成這樣。」老爸大驚失色地解釋。

「這是怎麼回事？」

「我來說吧。」我清了清嗓子回答。星野先生立刻在我們面前放了兩只咖啡杯，並倒了咖啡進去。

「請喝吧，我想你們一定口渴了。」

「謝謝。」

我把咖啡杯拉到面前，將來龍去脈一五一十說出。我們去見了幸本，幸本要我們送支票到K飯店抵一億圓的債。然後，在K飯店親眼看到那個叫神谷的男人在眼前暴斃，接著我們去車上拿貨時，才發現貨居然是嬰兒，回到幸本畫廊後，被手拿針筒的老太婆趕了出來……

在我說話的當兒，小鬼睡著了。老爸輕輕將小鬼放回籃子。

「所以，貨品就是這個孩子嗎？」媽媽桑驚訝地問。

「應該吧。」

「有沒有檢查車上？」康子問，「搞不好這個嬰兒是那個叫神谷的小孩，真正的貨還在行李箱裡。」

「怎麼可能把自己的孩子放在沒有人的車子裡？」

我回答道，但我們當時並沒有時間好好檢查整輛可樂娜。老爸聽了，默默起身走了出去。

「對啊，即使是別人的孩子，也不能就這樣關在車裡吧。」

前一刻還把嬰兒當成惡魔般狠狠瞪著的圭子媽媽桑居然轉口這麼說。

所以，女人好像容不下自己喜歡的男人和別的女人生的孩子，人生經驗不夠豐富的阿隆我實在難以理解。

老爸回到「麻呂宇」店內，搖了搖頭。

「我檢查了後車箱和引擎室，沒有找到其他東西。」

「所以，貨就是這個孩子嗎？」

媽媽桑垂眼看著沉睡的嬰兒。

「真可愛，簡直就像天使。」

「為什麼要一手交錢，一手交嬰兒？那傢伙把這孩子賣了嗎？」

康子看著老爸。我說：

「怎麼可能？這根本不是人做的事，我看八成是綁架。」

「所以，這是幸本先生的孩子嗎？」

媽媽桑目不轉睛地看著嬰兒說。她體內的母愛似乎終於甦醒了。

「好奇怪，一點都不像。這孩子太可愛了。」

幸本聽了一定會不高興。

「如果是自己的孩子遭到綁架，而要支付贖款的話，不可能委託給初次見面的人，而且態度也不可能那麼心平氣和。」

老爸說。我恍然大悟。

「監視幸本畫廊的該不會是櫻田門（註）吧？因為事關綁架案，所以他們展開祕密調查。」

「不，如果警方已經插手其中，幸木就不可能委託我們私家偵探交付贖金。而且，果真如此的話，我們早就被一大堆刑警包圍了。」

「對喔。況且，沒有聽過綁架犯收支票的。」

「多少錢？」圭子媽媽桑問。

老爸默默地遞上信封。信封封住了。

「就這樣拆開不好吧？」

註：警視廳位在櫻田門。

老爸露齒一笑說，「星野先生。」接著將信封遞給星野先生。星野先生心領神會地將信封放在不斷冒著熱氣的咖啡壺口前。

當蒸氣溶化膠水後，星野先生將信封還給老爸。

老爸打開信封，拿出裡面的支票。

「五百萬。」

支票上寫了一個「五」，後面排了六個零。

「這點贖金會不會太少了？」

老爸點點頭。

「但如果不是贖款，就搞不懂以錢換回嬰兒的理由了。」

「只能問幸本了。」

老爸說完，伸手拿起吧檯上的電話，按了幸本畫廊的電話號碼。

距離我剛才去幸本畫廊已經超過一個小時，「打針」時間應該結束了。

「怎麼樣？」

老爸拿著聽筒，搖了搖頭說，「沒有人接。」

「該不會是把嬰兒留給我們，抵一億圓的債吧？」康子問。

「果真如此的話，這孩子就要由媽媽桑養了。」

媽媽桑聽到我這句話，立刻瞪圓了眼睛。

「喂，這……怎麼可能嘛？我根本沒有經驗。不過，如果涼介哥願意幫忙……」

老爸嚇得臉色慘白。

「媽媽桑，媽媽桑，不可能有這種事啦，幸本一定是因為其他理由沒辦法接電話。而且，我好不容易才把這個惡棍兒子養大。」

「誰是惡棍？」

惡棍哪有資格說別人是惡棍？真是夠了。

「到底是什麼原因沒辦法接電話？」星野先生開了口。

「我想──」

「你還在這裡磨蹭不太妙吧？我也覺得……」

我對吞吞吐吐的老爸說。如果幸本被人幹掉，就真的沒有人接手扶養嬰兒了。即使他不是幸本的孩子，也只有幸本才知道是誰的孩子。

老爸站了起來。

「康子，不好意思，在我回來之前，麻煩妳照顧一下嬰兒。」

「我!?」康子尖叫。她一定沒想到在不當大姊頭的當天就要被迫當保姆。

「妳不是說想當平凡女孩嗎？」

「是沒錯啦——」

「涼介哥，交給我吧。」圭子媽媽桑很豪氣地說。

「那妳們兩個人一起照顧。康子有經驗，媽媽桑，妳就多問問她吧……。阿隆，走囉。」

我和老爸坐上了可樂娜。

「剛才應該去打聲招呼說『你好』嗎？」

老爸發動車子時，我問他。

老爸沒有答腔。他避開壅塞的六本木，從麻布經過新橋，駛向銀座的方向。

當前方終於出現銀座的街道時，老爸說：

「你看到的針筒裡裝的應該不是毒藥，如果要注射殺人藥劑，不需要那麼長的針筒。」

「不然是什麼？」

「潘托散。」

「潘托散？」

「正確的名字叫戊硫巴比妥鈉，是一種具有速效性的麻醉劑。一點一點注射，不讓當事人完全睡著，保持意識半清醒狀態，就可以當成自白劑使用。」

老爸說道。不知道是不是他當年跑單幫時學到的知識。

「自白劑……」

「我覺得那個白人老太婆應該是想要從幸本口中逼問出什麼。」

「該不會是嬰兒的下落？」

「有可能。」

「監視他的也是老太婆的人馬？」

「也有可能。」

老爸將可樂娜駛入並木大道。

幸本畫廊四周靜悄悄的。

幸本畫廊內的燈光也暗了。

「好像已經下班了。」

「鐵門卻不拉下？」

這時我才發現，幸本畫廊的燈雖然關了，但櫥窗和外面的鐵門都沒有拉下。價值八千萬的畫只隔著一層玻璃展示在大馬路上，未免太不合理了。即使裝了警報裝置也很不尋常。

老爸和我確認四周確實沒有人後才下了車。

我們走向幸本畫廊的大門。

老爸轉動門把。

「沒有鎖門。」

「情況不妙？」

老爸點點頭。我們都在想同一件事。

他走在前面，我緊跟在後，一起走進了幸本畫廊。畫廊內伸手不見五指。

老爸摸索了一陣，隨即聽到「啪」的一聲，燈亮了。

我環視放了沙發的展示室，和白天相比，沒有明顯的變化。

「去裡面的房間看看。」

老爸說著，走向「辦公室」那道門。我腹部用力。

如果一天之內看到兩具屍體，對平凡高中生來說，壓力實在有點大。

老爸打開門，我在他身後向房間內張望。

那是個細長形房間，差不多一坪半大小，放了張鐵桌和單人沙發。桌上有一副傳真電話。

沒有人影。

「真是嚇死我了。」我說。我還以為會看到幸本的屍體。

桌上整理得一乾二淨。

「是不是真的下班了？」

「下班怎麼會連門也不鎖？應該是被人帶走了。」

「被誰帶走？」

「如果我知道，就不需要這麼辛苦了。」

老爸說完，回頭看著我說：「此地不宜久留，快閃吧。」

我點點頭，轉身正準備離開，展示室入口響起開門的聲音。

我比老爸先走出辦公室，所以立刻和進來的人打了照面。

「好像晚了一步。」

走進來的是個五十歲左右的灰髮白人，藍色的眼睛、鷹鉤鼻，身穿以這個季節來說有點熱的毛皮領子大衣。

「Hello。」

白人脫掉絲質手套向我打招呼，他的語氣一派輕鬆。

「You are Mr. Koumoto?」

我搖搖頭。他的英文帶有一種類似東北方言的奇怪口音。

「Where is Mr. Koumoto?」

我再度搖頭。雖然我英文考試不及格，但這點程度的英文還難不倒我，我只是不知道該怎麼回答。

老爸走到我身旁。白種男人絲毫沒有緊張的樣子，輪流看著我和老爸。

「你是誰？」

老爸用英語問。白種男人露齒一笑。

「我是旅人，我喜歡外面那幅畫，所以進來看看。」

「你是幸本的朋友嗎？」

「那你呢？」

白人反問老爸。他脫掉手套的右手此時伸進了右側口袋。

老爸聳了聳肩。

「我們搞不好有共同的朋友，所以我來找他，但他好像不在。」

老爸從容不迫地說。雖然是自己的老爸，但我還是不由地感到佩服。

男人露出微笑。

「我們該不會也有共同認識的朋友，請教一下大名吧。」

「很遺憾，我並不知道那個人的名字。」

男人微微挑了挑眉毛。

「聽起來真奇妙。」

「那倒不是，因為我連對方是男是女都不知道。」

的確是這樣。

「好吧，你們要離開了嗎？」

「留在這裡也沒用，明天再來看看。」

男人點點頭說：「如果我見到幸本，要不要幫你帶什麼話給他？」

老爸想了一下說：「告訴他，請他代我向拉佛那問好。」

男人頓時露出銳利的眼神，「拉佛那嗎？」

「對。」

「好，我會轉告他。」

老爸回頭對我說：「走吧。」

我和老爸走過那個男人的身旁，他右手始終插在大衣右側口袋裡，目送我們離開。

走出幸本畫廊，我吐了一口氣。即便不回頭，也知道那個男人正看著我們。

坐上可樂娜。

「剛才的歐吉桑好可怕。」

「對，他的槍在口袋裡瞄準我們。」

老爸也注視著照後鏡吸了一口氣。

「他果然有槍？」

「有。」

原來他把槍藏在口袋裡。

老爸把車子開出去。

「拉佛那是誰？」車子上路後，我問老爸。

「是潘托散的商品名。」

「……………」

「那傢伙立刻就聽懂了。」

「他是誰？」

「當然是單幫客。」老爸說。

回到廣尾聖特雷沙公寓時，「麻呂宇」的看板已經熄了燈，看來圭子媽媽桑提前打烊了。店裡的燈也熄了，一個人影都沒有。

「發生什麼事了？」

「不知道。你先將這輛可樂娜上的指紋擦乾淨，然後找個地方丟掉。嗯，我想六本木應該很理想。」

老爸操人也操得太凶了。

「要我去嗎？」

「對啊，這輛車是死人租的車，總不能一直開著四處走吧。」

「你居然要沒有駕照的兒子去做這麼危險的事？」

「咦？你沒有駕照嗎？」

看吧，這個人完全缺乏身為父親的自覺。

「我只有中型機車的駕照。」

老爸咋了一下嘴。

「真是派不上用場，算了，那我自己去。你去好好學怎麼哄小孩。」

「好，好，我的床太小，那個小鬼要睡你房間。」

聽我這麼說，老爸露出驚訝的表情，「一定要陪睡嗎？」

「總不能讓小鬼自生自滅吧。」

「你別開玩笑了，那就叫康子住下來。」

「你在胡說什麼？她是未成年少女。」

「那找麻里來好了。」

老爸抓著下巴。

「事情已經夠複雜了，如果又多一個麻里姊，後果不堪設想。」

「不管怎麼樣，不能睡我房間。」

「這個問題等你回來再討論吧。」說完，我轉身走回家去。

我沿著樓梯走上公寓的二樓。既然「麻呂宇」沒有人，就代表圭子媽媽桑和康子正在「冴木偵探事務所」的辦公室。

「我回來了。」

我一打開家門，頓時目瞪口呆。

「你回來了。」

圭子媽媽桑和康子都在事務所兼用的客廳，問題是客廳已經面目全非了。

老爸愛用的捲門書桌被推到客廳角落，客廳中央現在是張嬰兒床。天花板上還掛著以花瓣、金魚和熊貓裝飾的旋轉木馬。

還有還有，捲門書桌上堆了小山高的紙尿布，旁邊還有奶粉罐。

康子和圭子媽媽桑正蹲在嬰兒床旁逗嬰兒。

「現在是什麼情形？」

「我拜託住在附近的朋友，請她搬張舊的嬰兒床和這個來這裡，沒想到那個朋友樂壞了，說這些嬰兒用品一直放在家裡占地方，又捨不得丟。」

媽媽桑一臉雀躍。

我一屁股坐在沙發上。

「嗨，小寶貝……」

康子拿著撥浪鼓（好像是叫這個名字）在嬰兒的鼻子前轉來轉去。

我拿出香菸叼在嘴上，媽媽桑說：

「不好意思，阿隆，菸會影響嬰兒的健康，你去外面抽。」

「好……」

我乖乖走去陽台。

上帝啊，我又搞不懂這個世界了，為什麼女人一見到嬰兒，整個人都會變？

「真受不了。」

康子走到我身旁，也叼了一支菸。

「咦？妳不是不當大姊頭，也順便戒菸了嗎？」

「我已經不是高中生了。」

她瞪了我一眼。

「對了，見到那個叫幸本的大叔了嗎？」

「沒有。」

「所以，要照顧那個小鬼一陣子囉？」

「老爸嚇壞了，說要找麻里姊過來。」

康子猛然揪住我耳朵說，「什麼意思？不信任我嗎？」

「好痛，好痛！可能是擔心妳說話太粗魯，會對小孩子造成不良示範吧。」

「媽的，你們這對不良父子有什麼資格說我？」

康子吐了一口煙，靠在陽台的欄杆上。

「完全搞不懂你們到底靠不靠得住。」她注視著我說。

「至少在那個小鬼的事上，不要抱任何期待。」

「我知道。反正我在去短大報到之前都很閒，我會和圭子媽媽桑一起照顧小鬼。」

「包括陪睡嗎？」

康子立刻漲紅了臉。

「你少放屁。」

「總不能讓小鬼自生自滅。」

「那當然啦。」

「所以啊，就要像媽媽一樣陪睡。圭子媽媽桑要顧店，所以沒辦法……」

康子沉思起來。

「然後三不五時讓小鬼吸一下妳的奶。」

「豬頭！」

她揮過來一拳。

3

不一會兒，老爸回來時，也愣然地站在門口。

「阿隆，這是怎麼回事？」

「就是你看到的這麼一回事。」

「冴木偵探事務所什麼時候變成了『遊戲室』（註）？」

「今晚開始，寶寶，對不對？」

抱著嬰兒的圭子媽媽桑樂不可支地在老爸周圍繞來繞去。

「……」老爸無言地走去冰箱，拿了罐啤酒，一口氣倒進喉嚨。

註：Romper Room，著名兒童節目。

「今晚我要回家，你們先來學一下包尿布的方法。」康子說。

「尿布——」老爸說不出話。

「小鬼會尿尿嗎……？」

我問。康子正顏厲色地嗆我：

「只要是人，誰都會拉屎拉尿。」

「不能自己去廁所嗎……？」老爸嘀咕了一句。

「那還用說嗎？這麼大的嬰兒，如果不經常換尿布，很容易發生尿布疹。」

「妳說這麼大，這小鬼到底多大？」

「還不到六個月。」

老爸聽了默默站起來，從廚房拿了酒杯和波本酒，看來啤酒似乎還不足以讓他醒腦。

「是男的還是女的？」

「是女生啊。妳叫什麼名字呢？」

媽媽桑一邊哄著嬰兒，一邊說道。嬰兒已經完全適應這裡了，嘻嘻地笑著。

「女生……」老爸好像亡靈般呻吟了一句。

「來，我現在教你們換尿布。」

媽媽桑將嬰兒放在沙發上，然後跪在她面前。

「包尿布很簡單，先把她衣服的釦子打開……」

嬰兒已經換上新的衣服，媽媽桑拉開按釦。

「先將乾淨的尿布墊在屁股下面，然後——」

「阿隆，你學一下，我學不會，先去睡了。」

「真卑鄙。」

老爸沒有回答，將純酒灌進嘴裡。

「媽媽桑，妳教阿隆一下，還要教他怎麼泡牛奶。」

老爸搖搖晃晃地走向「淫亂空間」的臥室，沒想到嬰兒突然放聲大哭。

「怎麼了？」老爸驚訝地轉過頭。

「不知道，剛才還好好的。」

媽媽桑也露出驚訝的表情。嬰兒扭著身體大哭起來。

老爸忍不住探頭看了嬰兒一眼。

「怎麼了？是不是哪裡痛？」

嬰兒和老爸視線交會，嬰兒立刻呵呵笑了起來。

我和媽媽桑互看了一眼。

「涼介哥，她真的不是你女兒嗎？」

媽媽桑半信半疑地問。老爸不發一語地抱起嬰兒。

老爸將嬰兒高高舉起，嬰兒樂壞了。我從來不知道嬰兒的笑聲這麼可愛。

簡直可說哭起來是惡魔，笑起來像天使。

老爸逗得嬰兒心情大好後才將她放下來，無奈地說：

「ＯＫ，這孩子純潔的心似乎可以感受到我美麗的靈魂。」

「嗯！」康子說。

「不管是包尿布還是其他的，統統教我吧。」

「太好了，那下一步你自己試試看⋯⋯。先拆開膠帶——」

圭子媽媽桑示範了包尿布的方法。

「泡牛奶時，一湯匙奶粉加熱水到這個刻度，將奶粉泡開後，再沖冷開水冷卻，牛奶才不會太燙。如果餵太燙的牛奶，會燙傷寶寶⋯⋯」

「要冷卻到什麼程度？」媽媽桑將裝了牛奶的奶瓶放在水龍頭下沖涼時，我問她。

「自己喝喝看，覺得差不多就好。」

她將奶瓶遞給我，我戰戰兢兢地將奶嘴含在嘴裡，康子在一旁看得狂笑起來。

好甜。嬰兒牛奶怎麼會這麼甜，而且溫溫的，老實說，一點都不好喝。

我拿下奶瓶，遞給老爸。

「老爸，你最好也學一下。」

老爸將奶嘴放進嘴裡，這次輪到圭子媽媽桑哈哈大笑。老爸用力吸牛奶的表情超詭異，的確超爆笑。

老爸拿出奶嘴後嘆了一口氣。

「……以後萬一當偵探沒辦法糊口，至少還可以轉業當保姆。」

「小鬼會一覺睡到天亮嗎？」

我問康子。康子冷冷地搖頭。

「怎麼可能？除非是很遲鈍的小孩，否則只要尿布一濕，馬上就會哭。所以，就要幫她換尿布——當然，如果嗯嗯的話，就要幫她擦屁股——再餵她喝奶，通常她就會乖乖睡覺。」

「萬一沒睡呢？」

「就唱搖籃曲。」

我和老爸互看了一眼。

「你會搖籃曲嗎？」

「老爸，我小時候你唱給我聽過嗎？」

老爸當場搖頭。

「那我怎麼可能會唱？」

「算了，到時候再編好了。」

老爸嘆著氣說。

那天晚上，小鬼醒了四次。汽車聲和醉鬼大叫聲也吵不醒的都市人阿隆我，一聽到嬰兒的哭聲，馬上從睡夢中驚醒。

我睡意朦朧、搖搖晃晃地走出房間。前面兩次是老爸換的尿布，之後兩次輪到我，其中還有一次沾到了淺色的，但不會太臭的大便。

翌日上午九點多，康子過來將小鬼帶去「痲呂宇」，寧靜終於回到我們身邊。

我將近十一點才起床，老爸也剛起床。

「你怎麼沒去上課？」

「現在放春假，即使沒有放春假，我今天也會翹課吧。」

我對仍然睡眼惺忪的老爸說。

「如果這小鬼一直待下來，我們都會因為睡眠不足而英年早逝。」老爸嘴裡塞著牙刷說。

「會嗎？世界上的媽媽不都是這樣嗎？」

「女人不一樣，上帝給了她們足夠的體力，讓她們可以勝任這種工作。」

無神論者的老爸居然說出這種話。

「總之，要趕快找到幸本或是接手的人。」

老爸點點頭。

「先喝杯咖啡再說……」

我們下樓走進「麻呂宇」，發現一群女大學生正圍在角落。這些S學院的學生都是店裡的老主顧。平時都口沫橫飛地熱烈討論流行或戀愛話題，今天卻圍著小鬼嘰嘰喳喳。

「好可愛喔。」

「她笑了耶。」

「看我這裡，看我……」

圭子媽媽桑和康子也被圍在中心。

我和老爸在吧檯坐了下來，星野先生一臉苦笑地迎接我們。

「早安，昨晚辛苦了。」

老爸點點頭，斜眼看著那群人。

「看來『麻呂宇』除了吸血鬼伯爵以外，又增加新的賣點了。」

「這小孩以後不必愁沒衣服穿了。」

我嘀咕著，將星野先生為我準備的早餐拉到面前。

「為什麼？」老爸剝著白煮蛋的蛋殼問。

「女人即使沒有小孩子，只要看到可愛的兒童服和兒童鞋就很想買。如果現在出現這麼一個可以送這些東西的對象，我可以跟你打賭，明天『麻呂宇』就會有一堆史努比和米老鼠的嬰兒服。」

「那不是很好嗎？等找到正當的人接手時，至少可以證明我們沒虐待小鬼。」

「要從哪裡著手？」

「我們分頭行動，你負責調查已經掛點的神谷。」

「老爸你呢？」

「我去查昨天的白人和幸本。」

「靠以前跑單幫時代的**關係**嗎？」

老爸點點頭。

「那我們分別和這裡聯絡。」

康子站在我背後時，我完全沒有發現。

「阿隆……」

我回過頭說，「什麼事？」

「如果你要出門，順便買尿布回來。」

用紙尿布武裝的打工偵探——我和父親互看了一眼，眼神中流露出只有男人才懂的悲哀。

走出「麻呂宇」後，我騎機車飆到新宿，尋找死在K飯店的男人神谷晴夫護照上的地址。

如果沒有意外，神谷的屍體應該會在今天早上才會被人發現。打掃房間的清潔人員發現後打一一〇，照理現在警方應該正在現場蒐證。

也就是說，我比警方早一步採取行動。

那個地址所在的四層樓灰色公寓位在早稻田大學旁的學生住宅街，沒有電梯，感覺很潮濕。

我站在一樓的樓梯口，聽到樓上傳來嘩啦嘩啦打麻將洗牌的聲音。

我在入口的一排信箱上看到了神谷的名字，但同一張紙上卻有兩個名字，「安田・神谷」。他似乎還有室友。

他們住在二〇二室。我走上樓梯。

我站在二〇二室門前，門上也貼著羅馬字體書寫的紙，上面寫著「YASUDA・

KAMIYA」。

時間已經過了中午。

我東張西望，隔壁鄰居似乎正在打麻將，嘩啦嘩啦的聲音很吵，但一整排鐵門靜悄悄的，沒有人開門出來。

我轉動門把。門沒有鎖。我再度產生了不祥的預感。

我從門縫向內張望。裡面黑漆漆的，潮濕冰冷的空氣迎面撲來。

我踏進門內，反手將門上鎖。

「神谷先生。」我以鄰居聽不到的聲音叫著。

門口的水泥地上放著女用拖鞋和球鞋，廚房和裡面的房間用玻璃門隔開了。玻璃門打開一半，可以看到室內的榻榻米上舖著地毯。

這裡經歷了一場暴風雨。房間裡的書架和櫃子都倒在地上，裡面的東西也都散落一地。

我脫下球鞋，走進房間。正前方的房間三坪大，旁邊有一間兩坪半的房間，是很典型的兩房格局。兩坪半房間內有張小型雙人床、梳妝台和衣櫃，都被翻得亂七八糟。床墊被刀子狠狠割開，裡面的填充材料都跑了出來。

女人的衣服散了一地，安田似乎是女人，和神谷在這裡同居。

有人曾經來這裡翻箱倒篋。

但那個人要找的絕對不是嬰兒，因為嬰兒不可能藏在書架角落或是床墊裡。

問題是住在這裡的人呢？

是剛好不在家？還是被帶走了？

這時，傳來鑰匙插進匙孔的聲音，接著，又是「咔嗒」一聲。

慘了。我看了一眼窗戶，但掛著蕾絲窗簾的窗外連欄杆也沒有。咔嗒咔嗒。門口傳來鑰匙轉動的聲音。門打開，陽光照進來。

「好奇怪……」有人嘀咕著。

阿隆我渾身僵住了，如果不趕快閃人，鐵定被當成闖空門的小偷。

「啊喲討厭，怎麼會這樣？」

有人大叫起來。我很後悔將安全帽留在車上。如果戴上安全帽，當對方進來時衝出去，對方就不會看到我的臉。

這個房間的主人回來了，似乎不知道家裡已經被人翻箱倒篋。

此時不逃，更待何時。要趁房間主人看到房間一片凌亂而發呆的機會逃出去。

我從臥室衝出去，看到一個女人跌坐在門口。她驚訝地抬頭看著我。

她一頭長髮，身穿深藍色緊身洋裝，眼影擦得很濃，還有口紅，然後……

我差點絆倒。因為我看到她擦著口紅的嘴唇周圍冒出青色的鬍碴。

女人——不，扮女裝的男人瞪大了眼睛，「啊！你是誰？」

我沒時間在這裡磨蹭，因為女男人張大嘴巴，隨時都會大喊。

我跳過女男人的身上，順利在門口的水泥地著地，拎起球鞋，推門而出。

「救——」

背後響起叫聲。

我正打算衝出走廊，沒想到整個人往前衝。有人從門外用力想打開門。

如果是警察就死定了。

門外站著兩個分別穿著銀灰色和忽紫忽綠閃色西裝的男人。其中一人的體格超壯。

我來不及剎住，猛然撞上閃色男的胸口。正準備轉身離開，但慢了一步。另一個體型比閃色男整整大了一圈，好像職業摔角手的銀灰男一把抓住我胸口，把我拖了回來。

他輕而易舉地將我拎了起來，我雙腳猛踢空中，他一鬆手，把我丟在門口。

「啊！」被我壓在下面的女男人慘叫起來。銀灰男衝進房間，閃色男也閃進屋內，反手關上門。

「不許叫。」閃色男說，他的聲音極其沙啞。銀灰男蹲下來，右手拎起我，左手拎起女男人的胸口。他力大無比，身高約一百九十公分，體重少說也有一百公斤。手臂和我大腿一樣粗。一頭短髮的四方臉上戴著墨鏡。

「誰敢叫試試看，小心我擰斷你們的脖子。」

閃色男用沙啞的聲音低聲說道。被拎到半空的我和女男人輪流點頭。

「很好。」

閃色男挺直身體看著我們。他有一點年紀，大約四十出頭，黝黑的臉龐，眼睛很小。或許是臉頰上留著淡色傷痕的關係，感覺好像蛇一樣，讓人看了心裡發毛。

如果他們是「黑」字團體的職員，這兩個人的前科應該不下十項，有一大半應該都是傷害、殺人未遂，搞不好甚至殺過人。

銀灰男沒有脫鞋就直接走了進來，將我們拎進三坪大的房間。

接著將我和女男人丟在散亂的傢俱上。女男人一臉恐懼地看著亂成一團的室內。

「好了……」

閃色男蹲在我們面前，銀灰男叉著雙手站在他背後。

「你是安田嗎？」

他露出笑容看著女男人。

「你、你們是誰……？」

女男人看看兩個西裝男，又看看我。他似乎腦筋一片混亂。

「你是安田五月吧？」

「對、對啊。這、這是怎麼回事？」

閃色男沒有回答，轉頭看著我。

「所以，他是你的新男朋友囉……？」

「你在胡說什麼？我不認識他——」

閃色男瞪了他一眼，女男人——安田五月閉了嘴。閃色男不發一語地注視著五月的臉。

咕嚕。五月的喉嚨發出吞口水的聲音，他微微發抖。

「他不是你男朋友嗎？」

閃色男語氣溫柔地問。

「我不認識他。我一回到家，他就在這裡。」

「是嗎……？」閃色男視線移到我身上。

「你叫什麼名字？」

「警視廳搜查一課的冴木隆。」

身穿閃色西裝的男人瞪大了眼睛，五月目瞪口呆地看著我。

閃色男伸手搜我的夾克，拿走我的證件夾。

「你要當刑警也未免太年輕了。」

閃色男打開證件夾說，我聳了聳肩。

「我利用春假打工……」

他伸直細長手指突然刺向我的喉嚨。一陣劇痛襲來，我倒在地上。我痛得呼吸困難，眼淚也忍不住流了出來，搞不好喉結都被他戳碎了。

「你先給我閉嘴。」

閃色男對痛得滿地打滾的我說，接著轉頭對已經嚇呆的五月說：

「把神谷晴夫寄放的東西交出來。」

「晴夫……你在胡說什麼？晴夫在巴黎。」

「你也想像他一樣嗎？不過，把你的喉結戳爛，人家就不知道你是人妖，做生意更方便……」

「你們放過我吧，我什麼都不知道。」

五月瞪大眼睛往後仰。

「這個小鬼是誰？」

「我不知道他是誰……，我真的沒騙你。」

閃色男不理會他。我說不出話，用含淚的雙眼看著他們。

「那就帶你們去可以大喊大叫的地方吧。」

閃色男說，五月倒吸了一口氣。

不必拷問，給我打一針就好。雖然我這麼想，但根本說不出話。阿隆對付不了這組搭擋，搞不好會被綁架到某個地方碎屍萬段。

閃色男的手迅速一閃，五月「呃」了一聲，隨即痛得在地上打滾。他和我剛才一樣，被戳到了喉嚨。

「帶他們走。」閃色男起身命令銀灰男。

銀灰男輕輕鬆鬆地將我和五月挾了起來。閃色男走在前面，大搖大擺地走向門口。閃色男打開門，在走廊上毫不左右張望，就向銀灰男點了點頭。銀灰男將我和五月挾在兩側腋下走了出去，經過走廊，下了樓梯。

他們根本不在意會不會被別人看到。

我的機車旁停了一輛巨大的美國廂型車，這種車款也可以當露營車使用，車窗貼滿黑色隔熱貼紙。

閃色男拉開車門，銀灰男好像丟行李似地將五月丟進車內，接著正準備也將我丟進去時，五月的身體好像撞到了，躺在車上動彈不得，發出呻吟。

這時，我看到警車從街角轉了過來。警車後方跟著輛白色小客車。

「等一下。」

閃色男說，銀灰男直接將我丟在地上。

警車和小客車是來搜索這棟公寓的，警車在廂型車旁停車後，坐在駕駛座上的警官瞪大眼睛看著我們。

他們已經發現了神谷晴夫的屍體，終於姍姍來遲到這裡了解情況了。

「喂，你們在幹什麼？」

副駕駛座上的警官打開車窗問。

太好了，我得救了——我心想。

4

小客車上是三名便衣刑警，他們和警車上的兩名警官一起看著躺在地上的我、車上的五月，以及閃色男和銀灰男這對搭擋。

——他們是壞蛋。我很想大叫，但喉嚨好像快燒起來了，只發得出呼呼的聲音。

「我在問你們，你們在幹什麼？」

由於沒有人回答，身穿制服的警官火冒三丈。

閃色男低聲地命令：「動手。」

銀灰男面無表情地走向前去，坐在副駕駛座的警官打開車門，準備下車。

銀灰男用力一推警車門，被車門夾住的警官發出慘叫。

「啊！」

「喂！你想幹嘛！」

銀灰男好像將車門當成了紙門，一次又一次地撞向警官。幾名刑警紛紛跳下車。

刑警上前想要制服銀灰男。銀灰男手一甩，一名刑警人偶般飛了出去。

「王八蛋！」

另一名刑警從腰間抽出折疊式警棍，打在銀灰男的肩上。

當他再度揮警棍打人時，銀灰男抓住了他的右手，握住他的手肘，輕輕鬆鬆地將刑警舉了起來。

銀灰男簡直就像金剛嘛。

我慢慢爬行，想趁機溜走。

「啊喲。」

閃色男擋在我面前，伸出右手食指和中指，比出V字型。

流水。

「啊！」背後傳來慘叫聲，我從眼角瞄到一名制服警官被搶走警棍，正被打得落花

我猛然起身，用力撞向閃色男的下腹部。

原以為可以撞到他，沒想到卻被閃開了，他的手指戳向我的側腹，簡直就像有兩根鐵棍刺入側腹。我忍不住蹲了下來。

「想保住小命的話，就趕快上車。」

我的視野再度因淚水而模糊，我實在不是這兩個人的對手。

背後安靜下來。我按著側腹往後看，五名警官都被撂倒在地上。

站在中央的銀灰男連大氣都沒有喘一下。

「走了。」

閃色男一聲令下，那些停下腳步圍觀大白天警匪對戰的人潮立刻驚叫著讓出一條路。銀灰男大搖大擺地走回來，將我拎起來，丟進廂型車後車座。

拉門砰地一聲關上了。

他們到底是誰——我絞盡腦汁思考，即使是無惡不作的黑道兄弟，也不至於動手打警察。

這兩人完全沒將國家公權力放在眼裡，搞不好剛才的混戰中，有警官一命嗚呼了。

廂型車上路了，車速太快，我整個人倒在地上。

廂型車的後車座有長椅座位、小廚房和淋浴室，頭頂上還有收納式床鋪。簡直是一個完整的生活空間。

我按著側腹站起身，雙腳用力踩在地上，將倒在流理台下的五月抱了起來。他的迷你裙掀開了，露出絲襪下的粉紅色小內褲。

我抱他時，不小心碰到他的胸部，發現竟然是真槍實彈，忍不住嚇了一跳。

五月的額頭似乎撞到流理台，已經腫了起來，有一大塊瘀青。我讓他躺在長椅上。流理台內也有水龍頭，一扭開，水流了出來。我從牛仔褲口袋裡拉出頭巾沾水。接著將頭巾放在五月的額上。

近距離觀察才發現五月有張鵝蛋臉，身材很苗條，如果不看那些冒出來的鬍碴，根本不會察覺他是男人。

他一頭長髮的髮質也很好，平時一定特別悉心保養。如果他的鬍子刮得乾乾淨淨，不開口說話，十之八九不會有人猜出他是男人。

五月發出呻吟，隨後張開眼睛，用力眨了眨。

「你還好嗎？」我問。幸好我的喉嚨沒真的被剛才那傢伙戳破，雖然有點沙啞，但已經恢復得和**原來**差不多了。

「呃……怎麼了？發生什麼事了……？」五月的聲音也很沙啞。

「我們被綁架了。」

我直起身看著和前車座之間的隔板。夾板和簾子將駕駛座和後車座隔開了，可能是後來加裝的。

來到車門旁時，我驚訝不已。車門上居然沒有可以從內側打開的門把。這輛露營車似乎是這對怪物搭擋的生財工具。

五月猛然坐了起來。

「你這個小偷！」

我急忙揮手。

「不是我弄亂你房間的，我為擅自闖入向你道歉，但其他的事情都不是我幹的。」

「什麼意思……這是怎麼回事？」五月張大眼睛看著我。

「這件事和你室友神谷有關，他們正在找神谷從法國帶回來的某樣東西。」

「晴夫？他回日本了嗎？」五月問。神谷似乎沒有和他聯絡。我不敢告訴他神谷已經死了，只能默默點頭。

「為什麼……？他說還要留在巴黎半年左右。」

「神谷在巴黎做什麼？」

「原本是去留學的，但後來不太順利，就在旅行社當導遊，或是當隨行翻譯，沒有固定職業。當初還是我出錢讓他去巴黎的……」五月說。

「神谷之前是你的男朋友嗎？」

「對我來說是這樣，但仔細想一想，就會發現晴夫只是在利用我吧。他是法文系的蹩腳學生，看起來一副聰明相，我就愛上了他，他從來沒有寫信給我，到頭來，只是一個沒出息的混蛋。」

「所以，他是吃軟飯的？」

五月瞪著我。

「你這個小鬼，說話倒是很直截了當嘛。」

「對不起。」

「你多大了？」

「我是都立K高中的留級生。」

「你去我家幹嘛？」

「因為——」

我才剛開口，廂型車就猛然彈了一下，車內光線頓時變得暗下來。車子似乎進入了什麼建築物裡面。

五月不安地看著貼滿貼紙的車窗。

「他們會對我怎麼樣……？」

我急忙問他：「神谷去巴黎多久了？」

「一年，不，差不多一年半左右。」

廂型車似乎行駛在通往地下停車場的下坡道上。

「神谷有小孩子嗎？」

「啊？」五月呆若木雞地看著我的臉。

「晴夫有小孩子？怎麼可能，這是怎麼回事？」

「不，沒事，當我沒問。」

康子說，那個嬰兒不到六個月大。如果神谷去巴黎後才生了這個孩子，五月不知道也很合理。當然，也可能根本不是神谷的孩子。

廂型車突然停了下來，我重心不穩，一屁股坐在地上。

五月閉口不語看著我，他對於眼前的狀況似乎完全在五里霧中。

拉門從外側打開了。

「下車。」閃色男站在車門外。

我向五月點了點頭後，便下車。五月心生恐懼地不敢下車。

「下車。」閃色男又說了一次。五月搖著頭。閃色男一言不發地走進車內，拉著五月的頭髮。五月慘叫著說：

「我知道了，我下車，我下車啦。」

那裡是水泥地的地下停車場。這裡似乎是公寓之類的建築物，除了這輛露營車以外，還停了好幾輛車。

其中有一輛長得驚人的美國禮車。

「走！」

閃色男指著停車場角落的鐵門方向，旁邊有電梯，但他似乎不讓我們搭電梯。

我和五月走向那道門，門的另一側是逃生梯。

我們走了四層樓的樓梯，途中沒有遇到任何人。

停車場在地下一樓，當我們來到三樓時，閃色男打開樓層之間的逃生門。

「走這裡。」

那裡是沒有任何窗戶的走廊。感覺像學校，但從一整排房間的門上沒有任何標識就知道，這裡當然不是學校。

每個房間都有教室那麼大，面向走廊的那一側完全沒有窗戶。

我們在走廊時也沒有遇到任何人。

這棟建築物太詭異了。從鋪著地毯的乾淨走廊和日光燈的照明看得出來，這裡並不是廢棄建築物。儘管如此，整棟建築物內寂靜無聲，也看不到有什麼人的動靜。

我們走到走廊盡頭。閃色男打開一扇沒有任何標識的鐵門。

那裡是放了各式各樣錄音器材的錄音室，一整面牆前都是捲盤錄音帶的錄音設備、高精密度錄音設備、混音設備，裡面還有一間以玻璃隔間的小房間。

小房間大約三坪大，麥克風架前有兩張椅子。這就是俗稱的「金魚缸」。

「進去。」

我和五月穿過裝了厚實填充材料的隔音門，走進「金魚缸」內。「金魚缸」內除了麥克風架和椅子外，還有擴音器和一張像樂譜架般的桌子。椅子和樂譜架都用鉚釘固定在鋪了地毯的地上。我終於理解剛才閃色男說「帶你們去可以大喊大叫的地方」這句話的意思。他說得沒錯，在這裡無論怎麼大喊大叫，都不怕別人聽到。

這裡到底是哪裡？電台嗎？還是錄音室？我四處張望，但所有儀器上都找不到標識。

閃色男叫我和五月並排坐在椅子上。

「很好。」閃色男說完，從外側鎖上「金魚缸」的門，銀灰男則和我們一起留在房間內，他還抱雙手，站在我們身後。

我看著玻璃窗，發現閃色男在混音設備的另一端坐了下來。

啪地一聲，房間角落的擴音器傳來閃色男的聲音，「會唱歌嗎？」

我和五月都沒有回答。

「會不會唱？」

銀灰男從背後伸出雙手，抓住我和五月的肩膀。

「我、我在店裡會唱。」五月說。

「校規禁止我們去KTV。」我說。

「是嗎？你的店在哪裡？」

「新、新宿二丁目。」

「店名叫什麼？」

「『金色人妖』。」

「你都唱什麼歌？」

「各種的都唱，中森明菜的歌……」

「小鬼，你呢？」

「我只會唱校歌。」

而且只會唱第一段。

「好，那就唱吧。」

銀灰男用力抓著我的肩膀，把我拉了起來。架子上的麥克風剛好在我嘴前。

五月因為恐懼和驚訝而瞪大眼睛，仰頭看著我。

「沒有伴奏我不會唱。」

「快唱。」

我隔著玻璃，看著閃色男。閃色男被混音設備擋住了，只露出半個頭。

「為什麼要唱歌？」

「廢話少說，叫你唱就唱。」

銀灰男輕握拳頭揍我的背，我差一點窒息，跪在地上。

「唱不唱？」

他們到底在想什麼？擄倒五名警官，將我們綁架到這裡後，居然叫我們唱歌？我努力想看閃色男的臉，卻怎麼也看不到。

銀灰男再度揮拳揍我，這次打到我腰子（腎臟）附近，我蹲在地上，有好一會兒都站不起來。

「站起來。」

銀灰男把我拉起來。

「快唱！」

我喘息著，用力呼吸，拚命咳嗽，眼淚和冷汗同時流了下來。

銀灰男又揮了一拳，他揮拳的力道越來越大。我的臉貼在玻璃窗上，五月哭喊著。

銀灰男拉著我的衣領，把我拉了起來。

「綠、綠意盎然……城南的……」

「聽不到。」

銀灰男又揍了一拳，但這次我沒有倒下來，因為他拉著我的領子。

「綠樹、成蔭的、山丘上，校舍——」

「唱得太難聽了。」

銀灰男從右後方打我的臉。我的脖子發出咔地一聲，嘴唇破了，血濺了出來。五月輕聲尖叫著：「住手。」

「繼續唱。」

我用失去知覺的嘴唇繼續唱：「啊、啊，都立、都立……」

「太小聲了。」

他換成右手抓住我的衣領，從左後方揮來一記反手拳。我好像機器人般被他打得左搖右晃。

「都立……K、高中……」

唱完最後一句，我就昏了過去。

恐怖的單程票

打工偵探拷問遊樂園

1

張開眼睛，第一眼看到的是銀灰男壯碩的背影。我仍然在「金魚缸」內。

五月正在唱歌，他唱的是中森明菜的〈失事船〉。

現在的心情和這首歌超搭的——我暗想道。破破爛爛，七零八落。我此刻的心情就像被打撈上岸，殘破不堪的失事船。

我坐在用鉚釘固定在「金魚缸」地面的椅子上。

我試圖緩緩轉動脖子，一陣劇痛從脊椎貫穿到腰部。

我這一陣子扯上的每件案子裡都被打得不成人形，沒想到日本人的缺鈣情況已經遍及全民。

看來若不快點從打工偵探畢業，我在二十歲之前，身體狀況恐怕就會變成快要引退的拳擊手那樣了。

五月嚇得魂不附體，即使看不到他的臉，也可以從他斷斷續續，邊哭邊唱的歌聲中感受到這一點。

「好，唱得很好，比那個小鬼唱得好聽多了。」

五月唱完後，擴音器中傳來閃色男的聲音。五月握著麥克風哀求道：

「求求你們，放我回去吧。」

「好啊，當然好，只要你說出神谷給你的東西放在哪裡，馬上就放你走。」

閃色男用親切的聲音說。

「求求你們，我真的什麼都不知道。」五月哭了起來。

「──那就沒辦法了，你再唱一首吧。」

五月整個人呆住了。

「嗯，我看這次換一首演歌吧，你會唱什麼？」

「……」

「你會唱什麼！」閃色男大聲吼道。銀灰男一把抓住五月的頭髮，五月從喉嚨深處發出慘叫。

「石、石川小百合的歌……」五月帶著哭腔說。

「好，那就唱吧。唱完之後，我還要繼續問話。」

「……」

「聽懂了沒有？」銀灰男用力推五月的背，他又發出一聲慘叫。

「我真的什麼都不知道……」

「快唱！」

五月哭哭啼啼地開始唱〈津輕海峽冬景色〉。

他才唱完一小節，就唱不出聲音了。他雙腿一軟，倒在地上放聲大哭，難過地用力搖頭。

「把他拉起來。」

「放過我……請你們放過我。」

銀灰男把五月抱起來時，他哭著說道。

「揍他。」閃色男一聲令下，銀灰男立刻甩了五月一巴掌。五月哀號著，一頭撞上玻璃窗。

「繼續唱。」

五月的鼻孔流著血。

「求求你們，求求你們……」

銀灰男正打算再度揮拳，但右手縮了回來。

我已經忍無可忍，縱身跳了起來，用盡全身的力氣撞向銀灰男的後背。

銀灰男的頭用力撞到玻璃窗，玻璃裂開一條縫。

「夠了沒有！你這個虐待狂！」

我對著麥克風咆哮。

銀灰男倏地站了起來，轉動脖子。鮮血從他的額頭流下來。

老實說，我知道自己贏不了他，但阿隆我的神經可沒那麼大條，可以一直冷眼旁觀這種拷問。

「媽的……」銀灰男第一次開口，他的聲音彷彿猛犬的低吼。

五月蜷縮在地上，用紅腫的雙眼看著我們。

我緩緩向側面移動，桌子旁有一個沒有使用的麥克風架。

「他什麼都不知道，神谷晴夫在赤坂的K飯店。」

我說。銀灰男漸漸向我逼近。

「是嗎？你怎麼知道？」閃色男用擴音器問道。

「你到底是誰？」

「就是你看到的勤快高中生。」

閃色男咋了一下嘴說：「你還是搞不清楚狀況，『萬力』，收拾他！」

「萬力」似乎是銀灰男的綽號。他吼了一聲，張開雙手撲了過來。

我就是在等這一刻。麥克風架下面是結實的鐵塊製的三腳架。我抓起麥克風架，雙手用力一揮，正中萬力的胸口！

萬力大吼一聲，踉蹌了幾步。三腳架很重，打得他的脊椎吱吱作響。

「小萬力，過來啊。你人高馬大的，卻只會欺侮弱小，應該沒有女生喜歡你吧？」

「我要宰了你！」

萬力火冒三丈，朝我撲了過來。我壓低身體閃避，再用三腳架打向萬力的小腿骨。

只聽到一聲清脆的「咔嚓」聲，萬力大叫起來。搞不好我打斷了他的骨頭。

「嘿咻！」我吆喝一聲，揮起麥克風架，朝蹲在地上抱著右腿小腿的萬力脖子砸了下去。

「咚」地一聲，萬力的墨鏡飛到地上，整個人趴倒在地。他被我K到站不起來。

他「嗚呃、嗚呃」地呻吟著。

我看向窗外，發現閃色男臉色大變地站了起來。

「五月，閃一邊去！」我大叫一聲，嚇倒在地的五月慌忙爬到一旁。

我雙手拿起麥克風架，丟向玻璃窗戶。

嘩！一聲爽快的聲音，玻璃窗戶碎得稀里嘩啦。

閃色男跑向「金魚缸」的門，轉動門把，想拉開門。

「快逃！」我跳上桌子對五月說。

「媽的！別走！」

閃色男大驚失色，破碎的玻璃窗好像汽車車窗玻璃般碎片四散。

「媽的，你以為你逃得了嗎？」

閃色男繞過混音設備，擋在我面前。他伸直手指，一副準備戳我的姿勢。

我撿起地上的麥克風架。沉重的麥克風架讓我走路重心不穩，但我還是衝向閃色男。

這傢伙搞不好比萬力更難對付——我的腦海中突然閃過這念頭。

閃色男大叫一聲，突然背對著我。他彎曲的身體猛然一轉，右腳的腳掌好像風車般朝我的手踢過來。

我左腕前側被他踢中，手上的麥克風架掉了下來。他的飛踢力大無比，我整隻左手臂麻痺，左手掌完全失去了知覺。

閃色男縮著下巴，嘟起的嘴唇發出可怕的吐氣聲。

「小鬼，要不要我把你的肋骨拿出來？」

「我不喜歡吃排骨。」

我一邊說著，一邊尋找著可以只用右手揮動的東西。

五月走過玻璃窗，僵在那裡看著我們。

「別當傻瓜了。」閃色男笑了起來。他的笑容很惹人厭。

「只要乖乖招供，我就放你一條生路——」

「神谷晴夫已經死了，死在K飯店。」

五月倒吸了一口氣，閃色男聽了卻面不改色。

「他帶回來的貨品在哪裡？」

「再怎麼樣，也不能把嬰兒當成是貨品吧。」

閃色男聽了我的話，仍然面無表情。

「你還在耍嘴皮子，看來你真的不想活了。」

咦咦咦？這些傢伙要找的好像不是嬰兒。

閃色男發出「咻」一聲，右手的兩根手指隨即像箭一樣朝我的臉戳了過來。

我往後一仰，好不容易才閃過他的手指。他的雙指鎖喉功我已經在神谷的公寓領教過了。

我倒在玻璃碎屑上，閃色男伸過來的指尖擦過我的額頭旁。

我在地上滾了一圈後一躍而起。

閃色男像螃蟹般橫著走，擋在我面前。

「嘎！」

他右手的手指從側面繞過來，我巧妙閃過，沒想到那是一個假動作，他的左手手指直搗我胸口。

我趕緊以左手抵擋，握緊的右拳同時朝他的臉揮過去，然後啪地張開。玻璃碎屑打在閃色男的臉上。

閃色男愣了一下，我趁機踢中他的下腹。閃色男慘叫一聲。用玻璃屑分散他的注意力，然後直搗黃龍——老實說，這些都是賤招，但我只能靠賤招拉近我們之間的實力差異。

閃色男橫眉豎眼地跪在地上。

「他、他媽的……」

「趕快！快逃！」我大叫一聲，五月立刻從地上跳了起來，跑向錄音室出口。

我和五月一起穿過鐵門，在舖著地毯的走廊上奔跑。

我們剛才在錄音室大吵大鬧，走廊上卻空無一人。

這棟房子到底是怎麼回事？

「往這裡。」我對五月說著，跑向剛才上樓的逃生梯。姑且不談萬力，閃色男一定很快就會追上來。那種練武的人即使被踢中要害，也會很快恢復。

我三步併作兩步衝下樓梯，手抓著欄杆時，手掌疼痛不已。剛才握緊玻璃屑時，可能也割傷了手掌。

我和五月衝到一樓後，從樓梯口推開通往走廊的鐵門。只要穿越走廊，應該就找得到出口。

我用力推開鐵門衝了出去，頓時停下腳步。

那裡是個禮堂模樣的大廳，上百個身穿深藍色彷彿戰鬥服般制服的人雙手反背在身後，做出「稍息」的動作。

所有人都滿臉錯愕地看著我。這些「青年團」成員的頭髮都很短，不是光頭就是平頭。

我也很驚訝，但他們似乎比我更驚訝。

這些人看起來就像剛整隊完畢，正準備接受訓示的士兵。

「你是誰！」頭頂上有人大喊。

我回頭一看，在逃生梯門旁，有個一公尺高的舞台，舞台上掛著國旗。有個身穿和服的老頭子坐在舞台中央，兩名穿著制服的男人站在他前面。剛才大聲問我的是站在麥克風前的制服男。他好像是青年團的團長，正在主持儀式。那個老頭子仍然坐在那裡打量著我。

我忍不住倒抽了一口冷氣，因為我曾經在電視上看過那個老頭子好幾次。

我記得他的名字叫是藏豪三，一直倡導戰前的修身教育，鼓吹日本應該有自己的軍隊，或是要孝順父母，小心火燭那些老掉牙的話，簡直就像從棺材裡爬出來橫行的殭屍。

他超級有錢，也是超級右翼分子。有個電視節目專門蒐集無聊透頂的民間故事改編成動畫，他就是那個節目的贊助人，經常在廣告時段出現，說一堆無聊的廢話。

「我在問你是何者來也！」他的措詞太古腔古調了，還不如乾脆說：「大膽刁民，給我拿下。」

「對不起，我迷路了。」

我向五月使了一個眼色。

老頭子仍然坐在那裡，搖了搖手指。

「是！」只見舞台上的其中一人跑了過去，單腿跪在地上。老頭子對他咬耳朵不知在說什麼。

這時，我和五月悄悄移向鐵門。這棟房子似乎是右翼老大是藏豪三的地盤。所以，閃色男和萬力也是是藏的手下。

「別走！」喝叱聲傳來，我和五月雙雙抖了一下。

「把這兩個可疑的傢伙抓起來！」

我就知道。

「快逃！」我輕聲地對五月說，然後推開鐵門。

沒想到，閃色男就站在門外。

完了。

閃色男露齒一笑，我和五月用力關上門。

「怎麼辦？」五月聲音顫抖。身穿戰鬥服的那群人慢慢包圍過來。

事到如今，我管不了那麼多了。

「各位，這棟房子裡有共產黨的間諜！」

「什麼？」衝在最前面的那個翻著白眼的老兄大聲驚叫起來。他看起來不像右翼分子，而像黑道兄弟，而且是腦筋不太靈光的黑道小混混。

「那個人是激進派！恐怖分子！是KGB的爪牙，想對是藏師爺不利。」

「他在哪裡？嗯？」這位老兄聽了大吼，似乎很想大幹一架。

「就在門外。」五月發抖地說。

「是真的嗎？嗯？」

這位老兄推開五月，拉著鐵門的門把。

隨即聽到「啊」的一聲慘叫，他整個人倒了下去。

他剛打開門，兩根伸直的手指就從門縫裡伸了過來。

「搞什麼啊，他媽的！」

那位老兄身後的那群人叫囂起來。

閃色男緩緩走進禮堂。

「你們這些廢物，……給我退下！」

「媽的，你說什麼！！」

閃色男冷靜的命令激怒了那群身穿戰鬥服的男人，他們立刻把閃色男團團圍住。

我拉著五月的手，尋找禮堂有沒有其他出口。

「你是誰——嗚呃。」

「混蛋——哇嗚。」

「王八蛋——呃！」

單憑聲音，就知道閃色男正在一一收拾那群「青年團」。

「住手，安靜！」

台上的男人大叫起來。這裡似乎只有少數人知道閃色男是「自己人」。

禮堂內一片混亂，「青年團」一個一個衝向閃色男，但都被痛扁了一頓。

我終於在另一側發現了「逃生口」的標幟，閃過撲向閃色男的「青年團」，緩緩走過去。

「還不住手！媽的！」

拿著麥克風的男子拚命制止，但「青年團」已經殺紅了眼，戰況越來越激烈。

「這群廢物！」突然，一個響亮的聲音傳遍禮堂，所有人都像凍結般停下手。

我和五月也情不自禁停下腳步。

發出怒吼的是是藏豪三。他油光滿面，一頭白髮梳得服服貼貼，環視整個禮堂。

「鐵仔，這是怎麼回事？」他的聲音很嚴厲。

「真對不起。」閃色男大叫起來。令人驚訝的是，他當場跪在地上。

「萬力呢？」

「他……，發生了一點意外……」

「這兩個人是怎麼回事？」

「他們掌握了那件事的相關線索。」

「什麼？」

是藏狠狠瞪了我一眼。

「他們想逃，所以我追來這裡。」

是藏緩緩吸了一口氣說：「帶他們去房間，我親自審問。」

「是！」

事情越來越不妙了。

我們被帶去的「房間」是位在這棟房子二樓的寬敞「會長室」。

會長室內有十疊榻榻米大的和室，以及舖了厚實地毯毛長至腳踝的西式房間，中間以細長的木質地板將兩個房間隔開。空無一物的和室感覺像柔道練習場，西式房間內放著巨大的辦公桌和沙發套組。

西式房間的牆上懸掛是藏和前美國總統與聯合國理事長握手的照片，其中還有他身穿前日本陸軍軍服的照片，但並不是他年輕時的照片，看起來頂多是十年前左右。

我和五月被鐵仔和剛才站在台上的制服男人拉進和室，跪坐在榻榻米上。

不幸中的大幸是鐵仔可能覺得萬一我們無法回答是藏的訊問就慘了，所以手下留情，並沒有再對我們動手。

但我們並沒有因此對命運樂觀，看到是藏之後，我和五月立刻知道鐵仔和萬力是受誰的指使。

我們離開這棟房子的時候，可能也就是去東京灣或是夢之島報到的時刻了。

他們和我這陣子打交道的單幫客不同，並沒有「不濫殺無辜」的原則。

「我們會被怎麼樣……？」

事態發展至今，五月彷彿反而克服恐懼，完全看開。他跪坐在那裡，聲音空洞地問。

「不知道，希望那個老頭子是通情達理的人。」

「閉嘴！」站在背後的制服男喝斥道。鐵仔始終不發一語，他一定滿心期待是藏對他發出「幹掉他們！」的命令。

不一會兒，房間的門打開了，是藏豪三已經換下印有家紋的正式和服，身穿富有光澤的銀灰色西裝現身了。

個子不高，但體格壯碩的是藏換上西裝後，看起來像是頗有氣質的有錢老頭。當然，他必須先收起剛才在舞台上看我的眼神。

是藏重重地坐在沙發上，叼起雪茄。他有個穿著純白立領服的「隨從」，年約二十一、二歲。那個年輕人立刻幫是藏點了火。

「隨從」長相俊俏，感覺像是正直的「年輕軍官」，他和是藏之間的關係令人充滿想像空間，似乎有某種「危險關係」。

「『鐵仔』，你解釋一下。」

一聽到是藏的聲音，我就知道情況不妙。因為他的語氣和在電視上宣揚孝順父母、小心火燭時的高亢親切口吻判若兩人，低沉的聲音透露出「不可以忤逆老大」的威嚴。

「是！我按照您的吩咐調查了神谷的住處，沒有發現貨品，正打算將這個男人，不，應該說是人妖帶回來，剛好這小鬼也在現場。他好像知道一些事，所以就一併也帶他回來了。」鐵仔手足無措地回答。他似乎怕極了是藏。

「沒有人妨礙你們嗎？」

「警方剛好也去神谷的住處，稍微費了一點工夫。」

「萬力就是在那個時候弄斷了腿骨吧……」

「——是這個小鬼……」

「是嗎？」

是藏審視著我，他的眼神好像在看即將被打死的蚊子居然還正毫不知情地吸著血。

「他怎麼打斷萬力的腿？」

「用錄音室裡的麥克風架……」

「萬力骨折的話，你也很傷腦筋吧……」

「不，絕對沒這回事——」鐵仔慌忙說道。

「你和萬力是不是以為他只是小孩子，所以太大意了？」

「對不起。」鐵仔趴在地上磕頭。

是藏沒有說話，吐了一口煙，鐵仔沒有抬起頭。

「唉，算了。」是藏終於吐出這句話，鐵仔鬆了一口氣地抬起頭。

「這小鬼是誰？」

「他滿口胡說八道，但是居然知道神谷住的飯店，以及神谷已經死了這件事。」

「也知道**貨品**在哪裡嗎？」

「應該知道線索。」

「——可不可以打斷一下？」我插嘴說道。如果我再不表態，他們等一下一定會把我拷問到斷氣。

「閉嘴！」

「什麼事？」

鐵仔和是藏同時說道，鐵仔再度誠惶誠恐地磕頭。

「你們說的**貨品**是指嬰兒嗎？」

「這傢伙又在胡言亂語——」

「等一下。」是藏制止了火冒三丈的鐵仔。

「小鬼，你說的嬰兒是指什麼？」

「我應該是神谷生前最後一個見到他的人，我打工當快遞，去找神谷，交給他一個信封後，他將嬰兒交給我。」

「快遞？」

「是銀座的幸本畫廊僱用我的。」

是藏緩緩將雪茄移到嘴邊，但仍然面不改色。

「幸本承諾要交給我某樣東西。」

「不是嬰兒嗎？」

是藏對我的話充耳不聞，看著飄散的煙。

最後，他看著我問：「嬰兒現在在哪裡？」

「我寄放在朋友那裡。」

「在哪裡？」

「我說了就可以離開嗎？」

「——和輝，你有什麼看法？」是藏問一身白衣的美型男時，聲音溫柔得要命。

「為什麼這個少年會去神谷的住處？如果只是普通的快遞，不可能這麼做。」

美型男細柔的聲音很符合他的外形，是藏頻頻點頭。

「你說的完全正確，他好像知道什麼，所以必須讓他招供。」

美型男惹人厭地微笑著。這種類型比五月那種男扮女裝的人更討厭。

「要不要帶他們去**遊樂園**？現在應該可以用『螺旋衝雲霄』。」

「喔，你說那個……」

他的言下之意，就是「你太聰明了，真是個好主意，就這麼辦。」

「呃——，我剛才說，我是快遞是騙人的。我是協助我老爸的打工偵探，為了抵私家偵探的老爸欠的債，所以才跑那一趟的。」

「螺旋衝雲霄」的名字讓我覺得情況很不妙，我慌忙解釋說。

「私家偵探，你這個——」鐵仔猛然從後面抓住我的頭髮。

「你在幫你老爸做事？」

「好痛，好痛。對，因為是藏師爺平時教導我們，要孝順父母……」

「誰僱用你老爸？」

「我不是說了嗎？是幸本畫廊的老闆。」

「幸本這個傢伙，想占為己有嗎——？」鐵仔扯著我的頭髮問。

「他只想要錢，即使他將貨占為己有，也拿不到一毛錢。而且，他不至於笨到敢破壞我和歐洲之間的交易。」

「但是，他透過神谷……」

「幸本將消息透露給神谷的確是大失策，但幸本應該已經得到了教訓。」

教訓？難道……？

「小鬼，你老爸在哪裡開偵探事務所？」

「廣尾，廣尾的『冴木偵探事務所』。」

「冴木？」

「他叫冴木涼介，我是他兒子，叫冴木隆。」

「冴木涼介！」

是藏的表情第一次出現了變化。我就知道父債要子還，有一個不成材的老爸，做兒子的整天都要忙著幫他擦屁股。

「呃……我老爸以前是不是給您添過麻煩？」

我努力克制自己想哭的心情問。如果我最後還是被幹掉，即使變成鬼，那麼我要找的不是是藏，而是要去涼介老爸的「淫亂空間」找他算帳。

是藏沒有回答，瞪著半空，但單從他抿緊的雙唇，就知道他的回憶並不美好。

他的表情，好像配著滾燙的開水喝下了瀉藥之類的東西。

所有人都屏氣凝神，緊張地等待是藏開口。

他該不會說「立刻送去斷頭台」吧。

是藏漲紅了臉，好像血管隨時會爆掉，然後，吐了一口氣，用冷淡到令人發毛的表情看著我們，「帶去遊樂園。」

鐵仔和制服男將我們帶去地下停車場，那裡停了一輛皇冠廂型車，另一名身穿制服的男人坐在駕駛座上，我們被塞進了後車座。

等了很久，是藏和那個叫和輝的美型男雙雙現身了。是藏坐上那輛美國禮車，美型男坐在駕駛座上。

禮車發動後，廂型車也跟了上去。

和之前帶我們來這裡時不同，這一次終於可以好好觀察房子周圍的環境。

離開停車場後，發現那棟房子的頂樓掛著巨大的看板，上面寫著：「日本防災聯盟總部」。

車子沿著房子後方開往首都高速公路的方向。高速公路下方是像運河般的河川，這棟房子似乎位於東京都內的河岸旁。

兩輛車沿著蜿蜒的小路行駛了一陣後，來到首都高速公路的入口。是汐留交流道。然後沿著壅塞的環狀線行駛了一段路，進入了高速一號，也就是俗稱的橫羽線。

「遊樂園該不會是指賽馬場遊樂園吧……？」

我問。司機、鐵仔和制服男都不理會我，剛才一直在發呆的五月抬起了頭。

「那是哪裡？」

「之前計畫在川崎賽馬場前方浮島的填海地興建遊樂園，說是可以以渡輪作為交通工具，吸引來自千葉的客人。但千葉已經有迪士尼了，東京灣又造了跨海大橋，所以那個計畫後來就不了了之。」

「不是不了了之，而是因為各種因素耽擱了而已。」制服男說。

「聽說最大的賣點是比迪士尼的太空山更刺激的雲霄飛車，我記得名字就叫螺旋衝雲霄……」我愈講愈小聲。

去年，在東南亞的小國萊伊爾的公主，現在已經成為女王的美央引發的騷動中，我搭的直升機因為燃料不足，墜落在叢林裡。之後，我就發誓再也不坐雲霄飛車了。那種恐懼，一生只要一次就夠了。

「螺旋衝雲霄的軌道已經完成了三分之二。」制服男說。所以，還有三分之一沒有完成。

我的心情本來已經夠沉重了，如今更湧起冰冷的恐懼。要去未完成的雲霄飛車那裡做什麼？

「怎麼了？」

沉默不語的鐵仔突然開口。他在問司機。司機從剛才就不時地瞄後照鏡。

「好像有人在跟蹤……」

「什麼!?」

鐵仔和制服男回頭張望。

太好了，終於有人來救我了。我一陣竊喜，但問題是老爸根本不知道我被綁架了。

「好像沒有，可能我想太多了。」司機注視著後照鏡說。

「什麼車？」制服男問。

「可能是Civic之類的小型五門車，司機是外國人。」

「外國人？」

「現在不見了。」

「小心點。」

「是。」

兩輛車在大師交流道下了高速公路。制服男剛才說的沒錯，車子正沿著填海地的工廠區駛向海邊。

我之所以會知道賽馬場遊樂園的名字，是因為前一陣子電視和雜誌都在討論那片土地是違法填海。填海地當初是以工廠用地的名義賣了出去，因為貪污等問題被媒體盯上後，變更了計畫，打算興建公營遊樂園。當時，正是提倡要孝順父母的老頭子是藏豪三率領的日本防災聯盟提出申請，願意捐贈地面上的設施。

車子駛入塵土飛揚的填海地道路時，周圍房車的數量驟然減少，沿途看到的幾乎都是砂石車和貨櫃車等大型車。

兩輛車終於在寫著「施工中」高牆的巨大園區前停了下來。

雖然正在施工，但除了門口的警衛以外，完全沒有人車出入。不是施工已經結束，就是中途停工了。

禮車的駕駛座車窗搖了下來，美型男探出頭，向戴著安全帽的警衛不知說了什麼。警衛走進辦公室，拿起電話。三公尺高的鐵門上方的黃燈開始旋轉，沉重的聲音響起，鐵門打開了。

鐵門上升到足以讓車輛通行時，禮車駛了進去，我們的廂型車也緊跟在後。

園區內的景觀和「即將完工的遊樂園」的感覺相去甚遠，中央有棟類似集會中心的圓頂建築物，周圍有一圈波浪狀鐵橋般的高架軌道。

高架軌道和圓頂建築物是園區內唯一像樣的建築物，其他都是填海地，海上吹來的強風捲起陣陣塵土。

禮車駛過後，輪胎駛過的痕跡也揚起塵土，跟在後面的廂型車擋風玻璃上頓時蒙上一層黃色沙塵。

禮車終於在寫著「螺旋衝雲霄起點站」的水泥建築物前停了下來。水泥建築的左右兩側都是高架軌道，其中一側是朝向天空急速上升的軌道，另一側是坡度緩和的上升軌道，讓以急速衝下的雲霄飛車減速。

美型男從禮車的駕駛座走下來，以手遮著額頭，避免塵土跑進眼睛。

「下車。」鐵仔看到美型男下車，立刻命令我和五月。

我們走下廂型車，只有是藏仍然留在車上。

我和五月被拉到起點站前。

「螺旋衝雲霄目前完成了三分之二，長度約三公里。」站在我們面前的美型男用親切的口吻介紹說：「你們也看到了，出發之後，先是以八十度的角度上升到上空二十公尺，接著是四十五度的下降軌道。這段下降軌道以旋轉的方式通過成為螺旋衝雲霄最大賣點的螺旋軌道，螺旋軌道利用離心力加速，再度進入上升軌道，來到上空三十公尺的位置，然後沿著原來的軌道下降，也就是後退下降。接著，以後退的方式再度經過螺旋軌道後就會換軌，垂直上升到四十公尺的高度，再以幾乎九十度的角度垂直下降，同時在螺旋軌道內旋轉，感覺就像飛機失速旋轉墜落的狀態。」

我閉上眼睛，光是聽他解釋，我就覺得天昏地暗了。

「旋轉降落的高度大約三十八公尺，相當於一般建築物十二層樓的高度，在墜地之前，滑車會進入水平軌道，但是，以上說的都是完成之後的理想狀態……」美型男露出微笑說：「目前，旋轉墜落和水平軌道的連結部分還沒有完成，發車之後，滑車會在旋轉的同時自由落體墜地。不過，這麼一來，就無法進行這一部分的試驗運轉，所以從墜落的軌道中途，接了另外一條軌道通往起點的上升口。可以藉由換軌器操作，決定要再繞一周或是只坐單程。」

美型男啪地彈了一個響指，制服男便拿了耳機式對講機——攜帶式無線電對講機——戴在我和五月的頭上，並以膠帶固定住。

「這耳機和車上的無線電對講機頻率相同，等你想說實話時，隨時可以開口，我就會為你換軌道。不過，整座螺旋衝雲霄還沒有完成，有些軌道接縫的焊接沒做好，有時候可能中途就會被甩出去。遇到這種情況，也只能感嘆自己運氣不好了。如果幸運的話，或許只會全身骨折而已。」

五月聽了之後雙腿發軟，一屁股坐在地上。這也難怪。

未完成的雲霄飛車簡直就是惡夢。美型男居然想以此為拷問刑具，不知道他的血管裡流的是什麼顏色的血。

「我什麼都不知道，就算想說也沒辦法。」

雖然明知是徒勞，但我還是垂死掙扎。鐵仔開心地露出奸笑。

「會長，讓這個小鬼先坐吧。」

美型男看著禮車上的是藏說，是藏點頭同意。

「如果我招供，你們會讓我活命嗎？」

「操作換軌器要花一點時間，奉勸你想開口就請早。」美型男回答。

制服男和司機架著我走向起點站，鐵仔跟在我們身後。

起點站內，螺旋衝雲霄的滑車還沒有連結在一起，一輛一輛分開排列。其中一輛滑車上坐了個假人，頭部被砸爛了。制服男看了之後對我說：

「有些地方焊接得不好，滑車每兩次中就有一次會飛出去。」

「現在應該已經修好了吧？」

「業者一直沒有來。」

「拜託啦，我不喜歡坐雲霄飛車。」

「你會喜歡的。」

我被迫坐在雙人滑車的其中一側，繫上安全帶。安全帶固定後，固定扣環在我的手伸不到的地方。

有人站在電線外露的操作儀表前。

滑車是長一公尺，寬八十公分的平板形狀，座位前有一根讓雙手握住的鐵製握桿。

頭頂上響起叮呤呤的鈴聲，耳機裡傳來美型男的聲音：

「馬上就要發車了，請好好享受。」

咔嗒一聲，滑車開始前進。

3

這個世界上，喜歡坐雲霄飛車的女生不計其數，但也有人極其討厭，死都不想坐，其中有一大部分是男生。

我本身並不是很喜歡，但要是有人要我作陪，我會覺得坐一下也無妨。但自從去年遭遇直升機墜落事件後，我決定倒向死也不坐那一派。

如今，我每一根手指都清楚記得當時墜落的恐懼，一旦遇到相同的狀況，全身都僵硬而動彈不得。我曾經在搭飛機時好幾次體會過這種感覺，而且要花很長時間才能恢復——有時候我甚至覺得搞不好一輩子都無法擺脫這種陰影。

一輩子不搭飛機可能有點困難，但決定一輩子不坐雲霄飛車卻很簡單。即使和熱愛雲霄飛車的女生一起去遊樂園，被罵「懦弱、膽小鬼」，日後還是有很多機會可以將功贖罪的。

然而，眼前的情況比惡夢更糟糕。

如果還能張口哇哇大叫，那就不是真的恐懼，真正恐懼時，會全身緊張，眼睛根本閉不起來，瞪得大大的，呼吸急促，身體微微發抖——這就是現在我坐在已經發車的雲霄飛車上的狀態。

發車後，滑車發出「咔咔咔」的聲音，進入幾乎垂直的上升軌道後，我的眼淚就已經飆出來了。

滑車微微振動，離地面越來越遠，抬頭看著我的美型男和制服男他們的身影也越來越小，禮車和廂型車已經變成了模型車的大小。

不安令我腳底發痛。比爬上高處時嚴重好幾倍的恐懼令我全身動彈不得。

咔咔咔的聲音不絕於耳，筆直向上延伸的頂部就在眼前。

左右兩側都空空的，只看到一望無際的天空。風吹過鐵製的軌道，發出咻咻的呼嘯。

看得見海，也看得到羽田的機場，連旁邊工廠煙囪上的圖案都看得一清二楚。

喀登。

滑車來到軌道頂部後停了下來。我全身的力量都集中在雙手雙腳，面對即將開始的恐懼，以及已經等待在前方的死亡。

下一剎那，我的後背用力撞到了椅背，滑車開始下降。

喀登。滑車搖晃了一下，我咬緊的牙關之間發出一聲慘叫。身體猛然向右傾斜，以為快被拋出去了，這時，頭朝下轉了一圈，然後又轉了一圈。

身體坐在滑車上不停地旋轉，耳邊只聽到嗡嗡的聲音。思考能力停止，腦筋一片空白。每次旋轉，就覺得生命穿過後背，飛到了九霄雲外。

不知道旋轉了幾次後，滑車突然下降。速度漸漸放慢，不一會兒，來到緩緩上升的軌道前。

咔咔咔咔咔……

滑車繼續爬向高處，剛好遇到焊接不良的地方，滑車猛烈搖晃了一下。如果是下降，而且速度很快時，我應該已經被甩到空中了。

喉嚨好痛，鼻子深處也很痛。我知道自己淚流不止，鼻涕也流出來了。

好可怕，實在太可怕了。要殺我就趕快動手吧——我很想這麼大叫，但已經嚇得連這句話都說不出來了。

我之前曾經體會過好幾次死亡的恐懼。

但這次不一樣，簡直太不公平了，利用我的弱點慢慢將我折磨至死實在太不公平了。

已經看到了上升軌道的盡頭。更可怕的是，軌道就像蛇伸出的脖子般在半空中斷了。

滑車正慢慢升向那個地方。

可怕的念頭慢慢在腦海中浮現。剛才上升時，軌道上焊接不良的部分導致滑車搖晃，等一下將會在後退下降的狀態下經過。剛才制服男提到的焊接不良應該就是那個部分。

我將在倒退時被拋向空中——光是想像那個畫面，就差一點吐出來。

喀登。

滑車停了下來。只聽見呼嘯的風聲，不知道哪裡傳來音樂聲。

是工廠傳來的嗎？可能是為了提高生產效果播放的背景音樂。

我想閉上眼睛。到此結束了。閉上眼睛比較輕鬆，只有在落地的時候會痛一下子而已。

「——怎麼樣？」

耳邊傳來聲音，我猛然張開眼睛。美型男在耳機裡說話。

「願意開口了嗎？」

「我、我連你們在找什麼都不知道，我沒騙你們。」

「你是說，神谷並沒有交給你嗎？」

滑車沒有動靜。我的左側是起點站，我低頭看到制服男低頭站在操作儀表前。我的性命掌握在這個如今只有米粒般大小的傢伙手上。

「我已經說了，我拿到的就只有嬰兒而已！是不滿六個月的嬰兒！」

我聲嘶力竭地叫著，卻無法克制語尾發抖。

「那個嬰兒現在人在哪裡？」

「如果我告訴你們，就放我下去嗎？」

「當然會放你下來，因為要你帶路。」

在「麻呂宇」，圭子媽媽桑、康子和星野先生都在那裡。我用力閉上眼睛，然後用力張開。

「你們打算怎麼處置嬰兒？」

「你沒資格發問。」

美型男話音剛落，滑車就開始降落。我張大嘴，卻說不出半個字，隨著滑車倒退降落。

咚！滑車彈了一下，懸向左側，好像快飛出軌道了，然後落在軌道上。咔咔咔咔，咔啦咔啦，滑車和軌道之間的咬合似乎不太理想，每次經過焊接的地方，整個人就好像快翻出去了。我拚命將體重壓向左側。

滑車突然由後向前旋轉一圈。

快掉下去了！我腦袋裡閃過這個念頭時，滑車進入了螺旋軌道。不知道軌道是怎麼設計的，懸空的滑車如今回到軌道上，我倒退著向左旋轉。

胃裡的東西全都衝到嘴裡，但是沒有落在腿上，而是飛向空中。

突然，滑車再度受到強烈衝擊，好像汽車猛然調頭般，一股巨大的力量拉著我的身體，改變了方向。

滑車停止了。

已經過了換軌器的位置。

眼前是至今為止最大最長的上升軌道，前方是像葡萄酒開瓶器般垂直落下的螺旋軌道，刺向地面。

身體已經失去了知覺，像水母一樣軟趴趴的，但抓著眼前握桿的雙手拳頭卻像蠟人般慘白。我握得太緊，已經沒有感覺了，汗水在指間滴落。

「給你最後一次機會，只要你說出嬰兒在哪裡，就會在進入自由落體軌道前切換到通往繞道的軌道，不然就只能旋轉墜落了。」

我想深呼吸，卻感到胸口好痛，剛才的嘔吐物好像有一部分還卡在喉嚨裡。但其實不是這麼一回事，只是喉嚨拒絕深呼吸。

就連肺也好像縮了起來。

我想擦眼淚，但手無法離開握桿，無論怎麼用力，都好像黏住了。

強風吹來，一陣沙塵煙穿越工地。

站在車旁的幾個男人背對著風，用手遮住眼睛。

這時，我看到起點站屋頂的另一側，有個男人站在美型男他們看不到的位置。他的身體貼著後方的牆壁，探頭看著起點站內站在操作儀表前的制服男人。

我茫然地看著那個人影。

他不是老爸。雖然距離很遠，看不清楚那人的長相，但體型不像老爸。

難道是附近的作業員因為發現雲霄飛車開始運轉而好奇，潛入現場一窺究竟嗎？

因為距離太遠，看不清楚他的服裝，但好像是淺色的大衣。

「……這裡風很大，我們想早點離開。怎麼樣？願意開口了嗎？」

「我把嬰兒寄放在朋友家，但晚上會由我老爸照顧。」

「你老爸在哪裡──？」

「就是事務所所在的那棟公寓，『廣尾聖特雷沙公寓』。」

「地址呢？」

我說了一遍，但因為說得太快了，美型男沒聽清楚。我又說了一遍。眼淚流了下來。我輸了。我屈服了。我讓老爸和嬰兒身陷危險。

「了解。」

「放我下去……，讓我下去。」我哭著說。

「等一下。」

我等待著。耳機中傳來一陣空白。

我抱著最後一線希望盯著地面。

制服男從起點站裡走出來，站在車旁的另一個人——鐵仔從五月頭上搶過耳機，戴在自己頭上。

五月被制服男帶上了禮車，美型男站在後車座的車窗外，和車上的是藏交談著。

美型男彎下的身體挺直，點點頭，仰頭看著我。

接著他坐上禮車的駕駛座。禮車開始後退，迴轉後，駛向工地的出口，留下一陣塵煙。

這是怎麼一回事？他們該不會把我留在這裡，自己去聖特雷沙公寓吧……？

下面只剩下鐵仔和廂型車司機兩個人。

鐵仔戴著耳機走進起點站。

「小鬼，可以聽到我說話嗎？」鐵仔問。

「聽得到。」

「現在你很乖巧嘛，很好，只可惜為時太晚了。」

「什、什麼意思？」

「會長認識你老爸，說想要還一份人情給他。」

「……」

喀登。滑車動了起來，緩緩駛向垂直的上升軌道。

咔咔咔咔咔。

「為了還這份人情，要你這個兒子的小命。讓你老爸好好欣賞一下在地上摔成肉醬的兒子。」

太無情了。他們先摧毀了我的自尊，現在連我的生命也不放過。

我說不出話。

滑車緩緩升向死亡階梯。

我為什麼要招供？

早知道他們要幹掉我，我絕對不可能吐露半個字。

咔咔咔。

滑車繼續升向空中的頂點。

我低頭看著起點站，顫抖地說：「麻煩轉告你的會長。」

「什麼？」

「萬一，億一我得救的話，請他做好心理準備……」

「你要靠超能力回來嗎？」

「絕對會。」

耳機中傳來鐵仔的笑聲。

喀登。

滑車停了下來。

已經到頂端了，螺旋狀垂直墜落的軌道在眼前通往地面。

從螺旋軌道的圓形縫隙中，可以看到黃色的地面。我的身體會墜落在那裡。

滑車沒有動。我回頭一看，發現鐵仔從起點站的窗戶探出身體，仰頭看著我。

他的牙齒此刻看起來特別白，他揮了揮手，似乎在向我作最後告別。

「再見了，小鬼。」

砰。突然響起一個奇怪的聲音，耳機中傳來鐵仔倒吸一口氣的聲音。

站在廂型車旁的司機不知道發生了什麼事，衝向起點站。

砰。

司機倒在地上，揚起一股沙塵。

身穿大衣的男人從起點站後方走了出來，右手伸得筆直。

他將耳機從鐵仔的頭上拉了下來，踢了鐵仔一下。鐵仔的身體滾下起點站入口的階梯。

「Are you OK?」耳機裡突然傳來英語。

「Help, help me.」

「I know, I know.」突然現身的男人說他了解情況，他走進起點站，站在操作儀表前。

他真的了解嗎？雖然我不知道他是誰，但如果他操作失誤，我就會墜地而死。

喀登。

滑車向前衝。

不對，這樣我會墜地而死！我正打算大叫，滑車進入墜落的軌道。

滑車衝入螺旋軌道，我頭朝下，一邊打著轉，一邊往下衝。

4

我閉上眼睛，距離墜地還有幾秒？快了，很快就到了，應該來不及感到痛才對。

血液從頭部衝向指尖，宛如破了洞的沙漏。

突然，一股強大的力量把我的身體往旁邊一拉，我以為滑車衝出了螺旋軌道。

但不是這麼一回事，呼嘯的風聲和滑車發出的轟隆聲變小了，身體從向下的姿勢慢慢恢復到水平的位置。

我張開眼睛。

滑車爬上和緩的坡道，慢慢靠近起點站。

身穿大衣的男人站在其他還沒有開始使用的滑車旁。

他是白人，右手握著一把小型手槍。

咚！一陣劇烈的衝擊，我坐的滑車撞到了前面空滑車的車屁股。

我的身體停了下來，滑車停止了。

我雖然知道滑車停了，但卻無法靠自己的力量動一根手指，也無法眨眼。

白人走到鐵製的軌道上，來到我的滑車旁。

我用已經流乾眼淚的雙眼仰望白人的臉。

他就是在幸本畫廊遇見的五十歲左右的灰髮男人。他和上次一樣，穿著毛皮領子的大衣，藍色的眼睛露出嚴肅的神情。

白人將手槍放進大衣口袋裡，伸出雙手，啪地一聲打開固定安全帶的固定扣環，扣環垂了下來。

我看了看自己慘白的雙手，仰頭看著他。

白人點了點頭，伸出戴著手套的手。

我們合力將我雙手的手指頭一根一根地從握桿上扳下來。

即使離開了握桿，我的手指仍然彎成鉤型。

白人將手放在我的肩上，似乎在問我是否站得起來。我點點頭，默默地試圖站起來。

但是，我站不起來。

膝蓋和腰都十分僵硬，完全不聽使喚。

我只好扶著他的肩膀。

他扶著我走在軌道上，來到起點站時，我癱坐在地上。

白人默默注視著我。

「謝、謝謝。」

我好不容易擠出這句話，但我不敢回頭看向站在我背後的白人方向。因為只要一回頭，就會看到雲霄飛車的軌道。

只要一看到軌道，我怕自己會再次動彈不得。

「他們去了哪裡？」白人慢慢地，用簡單的英語問我。

我搖了搖頭，用簡單到不能再簡單的英語回答：

「我不知道，但晚上應該會去我家。」

「為什麼？」

「嬰兒，他們在找嬰兒。」

「Baby？」

白人走到我面前納悶地問。我抬頭看著白人。

「你從哪裡來？」

「很遙遠的地方，我是旅人。」

「你在找什麼？」

「在遙遠的過去被奪走的財產。」

「是你的財產嗎？」

白人搖搖頭。

「不是，是我們共同的財產。」

「你為什麼要救我？」

「他們和我們的敵人勾結，他們想殺你。」

我搖搖頭，我聽不懂他說的話。

「我們先離開這裡吧。」白人說完，再度向我伸出手。我拉著他的手站了起來。心裡好像放下了一顆大石頭。我的腳步蹣跚，但覺得任何事都無所謂了。

當我們走在起點站的階梯上時，白人咂了一下嘴。

「他不見了。」

我順著白人的視線望去，階梯下方的地上有一灘血。

鐵仔逃走了。剛才中彈後，他沿著階梯滾了下去，但現在不見了。

沙塵飛舞的工地上留下了斑斑血跡。

廂型車的司機仍然趴倒在地上，一動也不動。他應該已經斷了氣。

「我載你到人多一點的地方，你自己回得了家嗎？」

白人走下階梯時問我。我點點頭說：

「請告訴我你叫什麼名字？我叫阿隆，冴木隆。」

「我叫米勒，馬克・米勒。」

「米勒先生。」我閉上眼睛複誦。

「但這個名字沒有意義，你只要記住我是旅人就好。」

「我知道了。」

我在白人的攙扶下鑽過工地圍牆的縫隙，工地圍牆和旁邊工廠之間的狹窄通道上停了一輛小型五門車。車牌是「わ」字開頭的租用車。

副駕駛座上攤著一張英文地圖，白人拿開地圖，讓我坐在副駕駛座上。

白人立刻發動車子，駛到貫穿工廠地區的道路時，立刻加快了速度。

「你和幸本是什麼關係？」

「我老爸是私家偵探，幸本僱用了我老爸。」

「幸本現在人在哪裡？」

「不知道。」

「幸本僱用你父親的目的是什麼？」

「將一張支票交給一名叫神谷的人，然後我們帶回一個嬰兒。」

「是幸本的孩子嗎？」

「不知道。結果，我在神谷的家裡被剛才那些人綁架了。」

「神谷在哪裡？」

「死了。臨死前喃喃詛咒一個老太婆。」

「老太婆？」

白人瞥了我一眼。

「我想應該是見到你之前，在幸本畫廊見到的那個白種女人，年約六十歲，一頭銀髮，手上拿著針筒。」

「拉佛那嗎？」

「我老爸是這麼說的。」

白人咬著嘴唇，瞪著前方。川崎的大師町就在前方。

「給我你的電話號碼。」

我留下號碼，白人在大師車站附近時停下車。

「你回去轉告你父親，幸本和非常危險的集團勾結，如果想活命，就不要再找幸本了。」

「危險的集團？」

「我不能再透露更多了。」

「是藏也是成員之一嗎？」

「不是，是藏想向那個集團買一樣東西，那樣東西卻在中途消失了，所以是藏在尋找那樣東西的下落。」

「什麼東西？」

「不是嬰兒。」白人只說到這裡，「你下車吧，我要走了。你要盡快忘記今天發生的一切。」

我咬著嘴唇。怎麼可能忘記？自從我懂事之後，這是我第一次流淚哀求別人，而且，對方既不是我的父母，也不是我的女朋友，而是殺人不眨眼的傢伙。我不是向正義屈服，而是向邪惡勢力屈服。

「謝謝你。」說完，我下了車。白人點點頭，沒有揮手就驅車離去。

我茫然地站在大師町車站附近的人行道上。結束一天的工作，踏上歸途的人群不斷從我身邊經過。

我慢吞吞地邁開步伐。口袋裡的零錢應該夠我回到廣尾。

但是，在此之前——

我必須通知老爸，必須通知他危險正在逼近。

我必須通知老爸，是藏和他的手下正在尋找嬰兒的下落，而且已經知道了聖特雷沙公寓。

我必須通知老爸，我因為太害怕，將一切都說了出來。

前面有電話亭。

我走進電話亭，撥打了「冴木偵探事務所」的電話。

沒有人接電話，我又撥了「麻呂宇」的號碼。

「您好，這裡是『麻呂宇』咖啡。」

電話中傳來圭子媽媽桑的聲音。

「喂？」

「媽媽桑？老爸呢？」

「阿隆……，發生什麼事了？」

圭子媽媽桑似乎發現我的聲音不對勁。

「沒事，老爸呢？」

「他好像又出去了。」

「喔……那嬰兒呢？」

「在這裡啊，她很好。」

我的喉嚨哽住了，該怎麼向媽媽桑解釋？壞人就要去搶嬰兒了，而且是我向壞人透露消息的……

「阿隆！你怎麼了？」

——媽媽桑，我來聽吧。

電話中傳來一個聲音。

「阿隆，你人在哪裡？」康子問。

「川崎。」

「川崎!?你在那裡幹什麼？」

「我被幹掉了。」

「你被幹掉了是什麼意思？你不是還活著嗎？」

「雖然還活著，但已經被幹掉了。」

康子的聲音立刻變了樣，「阿隆，你現在人在哪裡？告訴我詳細的地址，我馬上去接你。」

「不用了，不過，我要拜託妳一件事。」

「什麼事？」

「妳帶著那個嬰兒快閃，壞蛋很快就要去搶人了。」

「為什麼……？為什麼會這樣？」

「別問了，快閃吧。然後告訴我老爸，是藏豪三要找他麻煩。」

「根本不用逃，只要你老爸回來，那種貨色——」

「拜託妳，趕快逃吧。我不想給妳和圭子媽媽桑添麻煩，如果給妳們添麻煩，而嬰兒又被搶走的話，我……還不如死了算了。」

「阿隆——」

我掛上電話。

我不記得是在哪裡轉車的，等我回過神時，發現自己在丸子橋附近的多摩川河畔。太陽早就下山，河畔已經看不見騎腳踏車和打棒球的小孩子。只剩下一對對情侶。

我在河畔綠草如茵的堤防上坐了下來，茫然地看著水流。河水幾乎已經被黑暗吞噬了。

在此之前，我曾經面臨過幾次死亡的危機。之前也曾捲入槍戰，揹過炸彈，被拳打腳踢，被注射藥物，也不止一次有人在我面前死去。

如果說我之前從來沒有害怕過，當然是騙人的。要是比起被威脅幹掉的次數，那些街頭的黑道兄弟根本沒辦法和我比。

但是，我沒有輸。

我總是顧左右而言他，嬉皮笑臉，當我認真的時候，就已經反敗為勝。

當然，也是託老爸的福，最重要的是，我運氣超好。

在此之前，我向來覺得這是理所當然。雖然心有恐懼，但我相信自己絕對不會死。

今天，我親身體會到，這只是我的自以為是，我能活到今天，全靠走狗屎運。

我只是僥倖活到今天。我能逃過黑道、殺手、游擊隊、恐怖分子和單幫客等各種惡棍之手活到今天，全靠走狗屎運。

——運氣屬於有能力的人。

說這句話的人是老爸的宿敵，間諜中的間諜，但最後運氣離開了他，所以他送了命。

我會死，老爸也會死。

在此之前，我也不曾覺得死亡並不可怕。

只是始終相信，自己不會「現在」就死。

今天之後，這種想法改變了。

即使這一刻還活著，也不能保證下一秒就能活著；即使今天活著，也不代表明天還能活著。

我變成一個任何時候都無法忘記死亡的人。

也變成一個無法逃避死亡恐懼的人。

只要能夠延遲這種恐懼，我願意付出任何代價。

我沒有自尊，也沒有勇氣和驕傲。

在雲霄飛車的頂端時，只要能活命，我願意做任何事。

如果有人叫我跪下，我就會跪下。

如果有人叫我哭，我就會哭給他看。

這並不只是因為恐懼。

對可怕的東西感到畏懼並不覺得丟臉，一旦克服這種恐懼，就可以產生勇氣。

如果不感到害怕，就不能稱為有勇氣。只有感到害怕，並克服害怕時，才能稱為勇敢。

然而，我卻做不到。

我輸了。我輸給恐懼，也輸給自己。

我將頭埋進直立的雙腿之間。

周圍的情侶與我無關。

他們是快樂的人，沒有恐懼的人，他們相信自己和自己所愛的人。

這就是幸福。

如今，我無法再相信自己，在這些多摩川河畔的所有人中，我是最不幸的。

不知道過了多久，那些情侶的身影也漸漸消失，河畔只剩下我一個人。

我站了起來，走上堤防，走出一片水泥地的公園。

前方有輛點著小燈的車子，一道人影靠在車旁，臉旁亮起香菸的紅光。

「聽說你被摧毀了。」

是老爸。他右手拿著啤酒罐。

「你什麼時候來的？」

「來了一下子，我猜你應該在這裡。」

心情不好的時候就會來多摩川——我想起我和老爸之間的這種默契。

「起死回生了嗎？」

「好像還沒有。」我走向老爸，搖了搖頭。

「嬰兒呢？」

「康子帶走了，圭子媽媽桑也和她們在一起。」

「太好了。」

「是藏豪三嗎？」

我在老爸面前停了下來，「嗯」了一聲，點點頭。

「他們是怎麼摧毀你的？」

「我不想說。」

「你要死一輩子嗎？」

老爸問我。我看著他，老爸沉著臉，鬱鬱寡歡。

「也許……」我嘆了一口氣。

「連偵探也不當了？」老爸說得很乾脆。

「我現在這樣子，也幫不了你的忙。」

「現在這樣的確不行。」

老爸握扁喝空的啤酒罐。

「還有啤酒嗎？」

「有啊。」

我正想伸出手，但又縮了回來，因為老爸對我搖頭。

「沒有給死人喝的酒。」

「菸也不行——？」

「對。」

我轉過身。我知道老爸對我超失望，我在等待他對我說：「阿隆，我太高估你了。」

「——你應該沒死過吧？」我問。

「多得數不清了。」

「少唬爛了。」

「你不信就算了。」

「你曾經流著眼淚鼻涕，大哭大喊，跪地求饒嗎？」

「還曾經屁滾尿流。」

「為什麼!?」

「還用問嗎？當然是因為我怕死。」

「最後還出賣朋友？」

「阿隆，你聽我說——」

「你沒有我這麼糗吧，我出賣了嬰兒，出賣了無力逃走，也不能反抗的嬰兒。」

「但是嬰兒現在很安全。」

「這只是結果，只是碰運氣。如果那個白人沒有救我，我甚至沒辦法警告你們。是藏說，要讓你看到我在地上摔成肉醬的樣子。」

「在哪裡？」

「遊樂園，他們讓我坐上還沒完工的雲霄飛車……」我的聲音顫抖。

「——自從美央那件事後，你就很怕坐雲霄飛車。」老爸停頓了一下說。

「對，但我明知道如此，還是無法克服，真是遜斃了。」

「阿隆，被摧毀一點也不丟臉，一旦最脆弱的部分遭到攻擊，誰都會被摧毀。如果能夠帶著驕傲而死，有時候反而是一種幸福。」

「那我該怎麼辦？難道一輩子都當死人嗎？」

「不。我被摧毀好幾次，但我每次都做了一件事，所以最後都可以起死回生。」

「什麼事？」

老爸把菸蒂丟在地上踩熄。

「以牙還牙。然後告訴自己，不管是誰，都可能被任何人摧毀。」

「如果沒有辦法摧毀對方呢？如果只是自己一次又一次被摧毀呢？」

「那就完了。可以當一個人繼續活下去，但身為男人——就完蛋了。」

我渾身發抖，內心湧起和在雲霄飛車上時不同的另一種恐懼。

「……我不想完蛋，我不想完蛋啦。」

「好，那就去摧毀是藏。」老爸說。

恐怖的追加留言

打工偵探拷問遊樂園

1

那天晚上，是藏豪三的手下並沒有來攻擊「冴木偵探事務所」。

可能是挨了旅人，也就是馬克·米勒子彈的鐵仔回去報告說，並沒有成功地殺我滅口。

那個白人開槍打鐵仔和制服司機時的槍法很神準，鐵仔雖然死裡逃生，但應該身負瀕死的重傷。

我將萬力的腿骨打斷了，鐵仔也中了槍，身受重傷。是藏應該不會將時間浪費在尋找嬰兒上面。

我和老爸等到天亮後，去聖特雷沙公寓附近的二十四小時營業的餐廳。

老爸一整晚沒闔眼，都在等是藏的手下現身。

接到我的警告後，圭子媽媽桑和康子搬到媽媽桑朋友經營的旅館。雖說是旅館，但並不是普通的旅館。

那家旅館位於赤坂高級日本餐廳街的正中央，政治人物和財經界大老經常在那裡享受美酒佳餚，策劃見不得人的勾當。所以，旅館不隨便接受陌生客人，再加上地點的關係，周圍有很多報社記者和警察，是藏也不敢輕易下手。

「麻呂宇」暫時由星野先生包辦一切大小事，但其實媽媽桑平時除了和客人聊天以外，並沒有幫什麼忙，所以星野先生似乎也並沒有因此傷什麼腦筋。

「——他們最終還是沒有上門。」

我對老爸說。我的面前放了一杯淡咖啡。

「不能大意。不過，現在可以確定一件事，是藏在找的不是嬰兒。」

老爸點點頭，將沾了大量糖漿的鬆餅塞進嘴裡。

在我和五月被那兩個凶神惡煞帶去「日本防災聯盟總部」時，老爸找了老朋友打聽消息，但並沒有找到什麼線索。

「我要去救五月。」我說出了想了一整晚的事。安田五月被是藏從賽馬場遊樂園帶走了，可能遭到監禁，也可能被嚴刑拷問，即使是藏相信他和本案無關，也不可能輕易放他離開。

經過一整晚，雖然稍微擺脫了昨天的沉重打擊，但內心深處湧起不安，擔心自己變成了膽小鬼。

「別急，他們沒有來找我們，代表他們要找的貨沒有時效，所以也不至於馬上幹掉五月。」

「但他們想幹掉我。」

「那是因為你是我兒子。」

老爸吃完了鬆餅，接著將蛋包飯和蔬菜沙拉也掃進肚子後，叉子伸向我的炒蛋。

「如果你不吃，我就吃掉囉？」

「請用吧。」

我把餐盤推到他面前。昨天，老爸說他會守夜，叫我去睡覺，但我翻來覆去睡不著。

我甚至擔心老爸被是藏的手下制服，我又被帶去坐那個名叫「螺旋衝雲霄」的玩意。與其那種死法還不如一槍打死我更痛快。

「你和是藏之間到底有什麼過節？」

「他標榜自己是右翼，靠著和政界、財界攀關係爬到了今天的地位。這些都是他利用戰後的混亂賺了不少黑心錢，四處賄賂所建立的關係。當他建立了社會地位後，就將那些利用人脈關係做生意，像潮水般湧進來的金錢捐獻給慈善機構，甚至還獲得了動章，變成了誰都無法輕易對他下手的大人物。但是，他的骯髒手法和以前沒什麼兩樣，遇到無法用金錢打動的人，就用暴力使人屈服。他手下的那些右翼分子都是為了這個目的豢養的傭兵，但如果只是招募這些地痞流氓，會變成黑道幫派，於是就掛上『右翼』的招牌作為幌子。以前，他曾經送這些傭兵到外國接受訓練，號稱是為國家利益著想。在日本進行這種軍事訓練違法，但如果在外國，就沒有這種問題了。他賄賂了東南亞某個國家軍方的高官，讓他的手下進入那個國家的軍隊接受培訓。」

老爸停頓了一下，請女服務生幫他續杯咖啡。

女服務生年約十九歲，是個漂亮妹妹。當他們視線交會時，老爸對她親切微笑。

「妳在這裡打工嗎？」

女服務生點點頭，老爸露出一副「親切叔叔」的表情說：

「是嗎？那加油嘍。」

女服務生離開後，我對老爸說：

「先別泡馬子了，然後呢？」

「那時候，我剛好在調查那個軍隊是否和一起國際毒品交易有關，運送毒品的商隊從印尼半島的高地南下，那一帶是游擊隊和山賊出沒頻繁地區，生產毒品的毒梟花錢收買了軍隊的高官，要求軍方派人保護，避免受到山賊和游擊隊的攻擊。那個國家的法律禁止毒品，國家的正規軍卻保護運送毒品商隊。」

「結果呢？」

「我很清楚即使向該國政府投訴，那些想和軍隊搞好關係的政客也無動於衷，於是就和幾個人組成的團隊偽裝成山賊。」

「團隊？」

「那些都是深受毒品危害的國家的人，為了切斷供應源，幾個國家分別派了單幫客組成了一個團隊。」

「你也是其中之一。」

「原本我只是擔任嚮導，但當我得知是藏的手下也在那個軍隊後，便改變了計畫。」

老爸的計畫就是利用軍隊的命令系統相當複雜這一點，讓是藏的手下也加入護衛部隊。被派去東南亞軍隊的是藏手下都立志成為職業黑道分子，雖然年輕，卻完全沒有守法意識，其中有一大半是街頭的混混和飆車族，即使回到日本社會，也必定加入黑道。

老爸杜撰了一份命令給商隊護衛隊的隊長，要求讓是藏的手下也參加護衛隊。

那時候，是藏在日本向他熟識的政治人物和財界人士號稱自己培養了一批年輕人保家衛國，並誇下海口說，他們都是優秀的士兵，在緊要關頭時，可以比自衛隊發揮更大的作用。

訓練部隊在毒品商隊的護衛隊下了印尼半島高地後會合，他們載的貨物是大量鴉片，但護衛隊的人當然不知道。

等他們會合後，單幫客團隊偽裝成山賊攻擊了商隊。接受過正規訓練的正規軍和幾乎是外行的訓練部隊組成的混合護衛隊陷入了一片混亂。

「在戰場上，沒有受過訓練的士兵最棘手。沒有戰力也就罷了，但他們往往會因為害怕和興奮而忘乎所以，有些人甚至會反過來攻擊盟友或是擋住火線，反而幫了敵軍的忙。」老爸說道。那一次也出現了這種情況，如果是只有正規軍的護衛隊，老爸他們這些冒牌山賊可能就束手無策了。

混合護衛隊遇到突如其來的襲擊後慌了手腳，開始胡亂掃射，襲擊大獲成功。商隊運載的鴉片付之一炬，毒梟損失了幾百萬美元。護衛隊將近一半非死即傷，損失相當慘重。

諷刺的是，沒有一個日本人在槍戰中死亡。

在老爸他們的運作下，這個消息傳遍了世界各地。翌日，全世界都在報導正規軍擔任毒品商隊的護衛隊，而且還有日本人加入其中的消息。

日本政府因此認為事態嚴重，直接向是藏豪三確認事情的真相。

於是，全天下都知道是藏豢養的地痞流氓非但不可能保家衛國，而且還護衛毒品運輸，等於狠狠甩了是藏一記耳光。

是藏氣得跳腳，命令手下調查為什麼會發生這種事。他的手下僱用了自由記者著手調查，自由記者調查後發現，那場襲擊是由各國的單幫客對毒梟展開的組織攻擊作戰。是藏收到記者的報告後，將單幫客團隊的成員名單交給了毒梟。

數百萬美元的商品化為灰燼，氣得發瘋的毒梟出錢懸賞這些單幫客的人頭。

「團隊大部分成員都是東南亞的專家，平時住在泰國和菲律賓。表面上是餐廳老闆或是貿易商，隨時等待本國的命令。他們通常都娶當地女子為妻，融入了當地社會。」

老爸沉默片刻，喝了一口咖啡。

「懸賞金多少錢？」

「很便宜，便宜得令人難以置信，換算成日圓差不多十萬圓左右，但仍然有人為了領懸賞金，拿著刀槍要取他們的性命。」

「但是，既然他們是職業單幫客——」

老爸搖搖頭，「我不是說了嗎？大部分成員平時都是和家人一起生活的普通人，並沒有隨時防範恐怖分子攻擊的心理準備。」

「所以……」

「結果有四名成員遭到暗殺，甚至有人的妻子和剛出生不久的嬰兒也一起被暗殺了。那時候，我剛好因為執行其他任務離開住處，才沒有遇害。那個團隊在任務成功後就解散了，當我從報紙和電視上得知其他成員接二連三遇害後，就潛入了毒梟的組織。所謂最危險的地方最安全，然後查出了毒梟組織為什麼會掌握我們團隊的名單。是是藏提供的。」

「難怪是藏到現在都對你恨之入骨。」

「團隊中，只有我是日本人，所以，他知道是我杜撰了那份命令。」

「原來是我讓他想起了已經淡忘的仇恨。」

「是啊。」老爸說完，露齒一笑。

「但這次輪到我們發洩仇恨了，沒錯吧？」

「當然沒錯，我要摧毀那個老頭子。」我回答說。

我和老爸走出餐廳後前往赤坂，一路上很小心注意有沒有人盯梢。

旅館四周圍著黑色木板圍牆，裡面是偌大的日本庭園。附近有好幾家類似格局的大型高級日本餐廳。

走進寺院山門模樣的入口，我和老爸將廂型車停在舖著碎石的停車區，穿著短褂的年輕人立刻上前迎接。

那幾個年輕人都理著實習廚師般的平頭，短褂下穿著白色廚師服，腳踩高齒木屐。

「我是剛才打電話來的冴木，我朋友住在這裡。」

「是老闆娘的朋友吧，這邊請。」

其中一人回答後，帶我們走進日本庭園。其他人立刻關上了入口的大木門，從外面看不到老爸的廂型車。

我們來到庭園角落的偏屋。

在門口叫了一聲後，圭子媽媽桑和抱著嬰兒的康子應聲走了出來。

「老闆娘馬上就過來了。」那個年輕人說完就離開了。

我們坐在偏屋中央大約十二張榻榻米大的「日本廳」內。

「媽媽桑，康子，給妳們添麻煩了。」我向她們兩位道歉。

「阿隆，別放在心上。這裡是我多年好友的旅館，不用擔心。」媽媽桑笑著說。

「而且，有這小傢伙在，完全不覺得無聊。」媽媽桑說道，康子也點頭。

「我以前就很想來這種地方住幾天，所以你沒什麼好道歉的。這裡的飯菜都很好吃，好像在渡假，悠閒極了。」

「康子，謝謝。」

「阿隆，到底發生了什麼事？」

「對啊，阿隆，害我好擔心。」

我正準備回答，門打開了，傳來一個聲音。

「打擾了。」

我和老爸站了起來，迎接走進來的女人。

那個中年女人身材高䠷，一身雅緻的和服更增添了她的風韻。

她的年紀大約三十過半，不到四十歲。皮膚白皙，一頭長髮盤在頭頂上。

她一雙細長眼睛的眼尾微微上揚，感覺很有個性。

女人看著老爸，口齒清晰地說：

「你就是冴木先生吧？」

「對，給妳添麻煩了。」

老爸突然用一本正經的口吻說話。

「你很帥，難怪圭子會愛上你。」

「阿春，妳別胡說。」圭子媽媽桑慌忙阻止。

「我叫春美，是這家『喜多之家』的老闆娘。」

女人也改變了說話的語氣。

「我是冴木，這是我兒子阿隆。」

我鞠了一躬。

「聽說是藏那個老頭子在追你們？」

老闆娘為我們倒茶時問。她白皙的纖指保養得宜，比康子的手更漂亮，也沒有擦指甲油這種不入流的東西。

「妳認識他嗎？」

「我討厭這個人，自以為是大人物，喜歡叫政治人物和官員去他的酒宴。明明是個色老頭，卻開口閉口什麼國家利益。那些對他搖尾乞憐的人也很噁心……雖然我不知道他是不是右翼，但聽說他養了一群行徑惡劣的瘋狗。」

老闆娘說著，看了一眼嬰兒。

「絕對不能把這麼可愛的孩子交給那個死老頭。只要在這裡，誰都別想動她一根手指頭。」

「涼介哥，到底是怎麼回事？」

圭子媽媽桑問。老爸看了看我，我將至今為止發生的事，包括雲霄飛車拷問的事全盤說出。也將我打算貫徹老爸說的，如果不反過來幹掉是藏，我就無法當男人這件事也告訴了她們。

我說話時，「日本廳」內鴉雀無聲。康子最先打破了沉默。

「阿隆，我了解你的感受。雖然你平時吊兒郎當，但我相信你在該動手的時候不會含糊。」

她雙眼炯炯地看著我，我默默點頭。

「但是，是藏老頭到底要找什麼？」老闆娘問。

「唯一確定的是，那樣東西不是日本的。救阿隆的白人米勒說，他在找遙遠的時代被搶走的財產，而且有很危險的集團牽涉其中。」老爸回答。

「我猜是是藏想要向那個集團買什麼東西，被神谷中途攔截了。幸本為了拿回那樣東西，才會給神谷支票。」我補充說：「但我們將支票給他後，拿回來的是這個嬰兒。沒有人知道這個嬰兒打哪裡冒出來的，是藏也不知道。」

老闆娘聽了老爸的話，探頭看著嬰兒的臉。嬰兒躺在籐籃中看我們，眼珠子骨碌碌地轉。

「告訴阿姨，妳叫什麼名字？嗯？」

「對啊，涼介哥，我剛才正在和康子說，她連名字都沒有，實在太可憐了。」

老爸為難地看著我。

「阿隆，有沒有什麼好名字？」

「你怎麼問我有沒有好名字，我的日子沒過得這麼爽，還為以後要生的孩子先想好名字。」

「花子不行嗎？」

「當然不行！」

康子氣勢洶洶地說。她的母愛似乎已經覺醒。

「這種菜市場名怎麼行？要好好想。」

「她是日本人嗎？」圭子媽媽桑問。

「十之八九是東方人。」老爸說。

「取一個『寶』字怎麼樣？那個外國人不是說在找財產嗎？搞不好這孩子掌握了那些財產的關鍵。」

「寶……好像男生的名字。」康子回答說。

「那就叫珠美或是珊瑚吧。」老闆娘說。

「珊瑚這個名字不錯，好美的名字。」圭子媽媽桑說。

「珊瑚，妳覺得呢？」

這時，嬰兒咯咯笑了起來。

就這麼決定了。於是，嬰兒的名字就叫珊瑚。

2

我和老爸在「喜多之家」的偏屋好好睡了一覺。醒來時，老闆娘剛好送來豐盛的晚餐，我們和圭子媽媽桑、康子，還有珊瑚五個人都吃得很飽。

珊瑚當然只能喝牛奶。

「接下來有什麼打算？」

「調查幸本的下落。幸本是一切的源頭，我相信他才能給我們合理的解釋。」

吃完飯後，我們開始討論作戰方案。

「幸本會不會被是藏抓走了？」

「如果是這樣的話，是藏應該會知道你是誰。幫幸本打自白劑的是銀髮老太婆，我猜想是米勒口中的『危險集團』的成員帶走幸本的。」

「那個老太婆也是成員之一嗎？」

「對，殺死神谷的也是他們。」

「五月呢？五月要怎麼辦？」

「只有兩種方法可以救五月，一是查出監禁他的地方後去營救他，不然就是和是藏交易。你逃脫後，是藏應該不會將五月關在『日本防災聯盟』，要查出他的下落並不容易，但也並不是完全沒有方法……」

老爸喝著圭子媽媽桑泡的咖啡說，康子在另一個房間陪珊瑚。

「有什麼方法？」

老爸看著半空想了一下，然後說：

「假設鐵仔還活著。昨天他們沒有找上門來，是因為鐵仔還活著，所以回去警告了是藏。問題是鐵仔現在人在哪裡？」

「當然是醫院。他被子彈打中，如果不趕快搶救會小命不保。」

「答對了，但槍傷不可能送去普通的醫院，因為醫院會報警。所以，他們會找安全的醫院。」

「可以在不報警的情況下為他治療嗎？」

康子躡手躡腳地從隔壁房間走了出來，在媽媽桑身旁坐下。她打開電視，將音量調小，看著畫面。

「對，是藏手上應該有好幾家這種醫院。先去調查一下是藏參與經營的醫院，只要查得到，就可以順籐摸瓜找到鐵仔。搞不好五月就和鐵仔在一起。」

「那個集團呢？米勒應該在追查他們的下落。」

「關於這個問題，我打算去找島津。」

這時，正在看電視的康子叫了起來。

「喂，你們來看一下，這不是你們剛才提到的幸本畫廊的幸本嗎？」

康子調大電視的音量。

「——岸邊沒有發現剎車的痕跡，警方正在深入調查到底是自殺還是意外。」

畫面上出現怪手從海裡吊起車子的影像，然後出現了幸本的照片。

「幸本先生在銀座經營幸本畫廊多年，兩天前突然失蹤，警方正在調查是否捲入了什麼事件。」

「被他們搶先一步了，」我說：「他們一定審問完幸本後才殺他滅口。」

老爸臉上露出一絲愁容。

「我來聯絡島津。」

兩個小時後，我和老爸前往監察醫務院的解剖室。那裡還有另外兩個人，分別是行動國家公權力——內閣調查室的島津副室長和穿著白袍的醫生。

幸本的遺體躺在手術台般的解剖台上，身上蓋著白布。

「肺內沒有水，由此可以判斷在落水之前就已經停止呼吸了。」醫生向我們說明。

「死因是什麼？」

「心臟麻痺，但問題是什麼原因引起心臟麻痺。心臟麻痺是指心臟停止跳動，說得極端一點，幾乎所有人都是因為心臟麻痺而死。所以，疾病、休克、毒藥、受傷都可能是造成心臟麻痺的原因。」醫生淡淡地說。

「死者身上沒有外傷，心臟和其他器官也沒有明顯的疾病，所以，可能是因為休克或是毒藥引起的。但如果是毒藥，除非是比較廣為人知的馬錢子素之類的毒藥，否則相當難以檢驗。」

「昨天應該還有另一具屍體也送來這裡吧。」老爸說。

島津先生雙眼一亮。

「是在赤坂K飯店發現的住宿客。」

「你是說神谷晴夫吧？」醫生問。

「死因是什麼？」

「冴木，你是不是掌握了什麼線索？」

島津先生嚴肅地問。醫生困惑地輪流看著老爸和島津先生。

我和老爸能夠在這裡聽醫生說明，都是拜島津先生的權力所賜。如果沒有島津先生的協助，我們早就被攆出去了。

老爸和島津先生互看著。他們以前曾經是同事，彼此都直呼對方的名字。

「神谷在死前曾經呻吟，『那個死老太婆』。之後，阿隆在幸本畫廊看到一個拿針筒的白人老太婆。」

島津先生瞪大眼睛。

「你應該告訴過警方這件事吧？」

「不，我怕麻煩，擔心會受到牽連，所以就溜走了。」

老爸輕描淡寫地說，醫生臉上出現驚嚇的表情。

「冴木……」

「詳細情況等一下再告訴你，先告訴我神谷的死因。」

島津先生嘆著氣，轉頭對醫生說：「醫生，那就麻煩你。」

「不會……。神谷晴夫也是由我驗屍的，死因是對中樞神經發生作用的毒物引起的呼吸不全。這種毒藥的毒性屬於遲效性，只要一點就可以達到致死量。藉由血管送到中樞神經大約需要半天到一天以上的時間。」

「是很容易得手的毒藥嗎？」

醫生搖搖頭說：「日本很難找到。在歐洲有幾個這種症例的報告，但大部分都用於暗殺。」

「暗殺？」

「對，只要將這種毒塗在細針、刀刃或是像紙一樣的薄鐵片上刮傷對方，一下子就可以達到效果。可以藏在信封裡面，製造出讓人拿出時看似不小心刮傷的傷口，然後毒藥就會慢慢滲入體內。」

「因為不會當場死亡，所以也不知道是誰幹的。」

老爸說。真是太可怕了。

「所以，神谷手腕上的那個傷口——」我問。醫生點點頭說：

「沒錯，毒藥是從左手臂內側的擦傷傷口滲入體內。」

「幸本呢？」

「是被毒死的，毒藥也不一樣，因為死因的症狀不同。」醫生搖搖頭說。

老爸發出呻吟。

「毒藥老太婆。」

我想起以前曾經遇過那個名叫「塔斯克」的製毒師，那個殺手調製的毒藥可以精確在幾年幾月幾天後致人於死地。「塔斯克」是男人，但這次使用毒藥的是老太婆。

「總之，請你查一下幸本是否死於某種毒藥。」

島津先生說完，拉著老爸的手臂。

「冴木，你跟我來一下。」

我們來到警察醫院的夜間候診室，候診室內空無一人。島津先生有點心浮氣躁，老爸坐在沙發上，叼了一根菸。

「居然是歐洲的毒藥。冴木，到底發生了什麼事？」

「我也不清楚。」

「你別裝糊塗，你不可能在不知情的情況下牽涉進這種事，這起案子已經死了兩個人。」

「不是兩個，是三個。」我說。

島津先生注視著我。

「昨天，在川崎的填海地，不是發生了一個右翼分子被槍殺的案子嗎？」

「那是是藏豪三手下的司機。」

島津先生的消息實在太靈通了。

「阿隆，那起命案也有關聯嗎？」

我點點頭，島津先生看著老爸對我說：「是藏恨你入骨。」

「不是我幹的。」

「那是誰？」

「是我的救命恩人。如果沒有那個人，我就會在是藏的命令下，被未完工的雲霄飛車丟到地面摔成肉醬了。」

島津先生挑起眉毛。

「這是怎麼回事？又是右翼大老，又是畫商，還有**巴黎的混混**，這些人之間到底有什麼關係？」

「別叫這麼大聲，這裡可是醫院。」老爸邊說邊將香菸捺熄在候診室的菸灰缸裡。

「我剛才也說了，我們完全不知道發生了什麼事。這次我們真的是被捲進去的。」

然後，老爸簡略地將至今為止發生的事告訴島津先生。

島津先生聽老爸說完後，有好一會兒沒有說話。他瞪著半空，陷入了沉思。

「所以，阿隆是被捲入了外國集團和追蹤他們的米勒之間的紛爭嗎？」

「差不多就是這麼一回事，只是是藏也攪和其中。」老爸很乾脆地承認。

「米勒是什麼來頭？」

「你覺得呢？」

「應該是單幫客，而且從他沒有支援，單槍匹馬來執行這麼危險的任務來看，應該是高手。」

「我也這麼覺得。」

「米勒是為了追銀髮老太婆那票人來到日本的吧。」

「我想應該是。我想拜託你一事。」

聽到老爸這句話，島津先生無奈地搖搖頭說：「你這個傢伙的臉皮真厚。」

「你去查一下神谷回日本當天，成田機場有沒有發生什麼狀況，再小的騷動都不要放過。」

「你該不會說神谷是在成田綁架了那個嬰兒吧？」

「所以才叫你去查啊。」

島津先生嘆氣說道：

「我知道了，不過，你要向我保證一件事。之後不管發生任何事，都要先知會我。是藏比之前更有實力了，如果貿然行動，我們也會小命不保。」

「警方也對他敬而遠之嗎？」

「他和警察廳高層的關係很好。」

島津先生皺著眉頭說，老爸聳了聳肩。

「原來是這樣，這傢伙真有兩下子。」

「所以，你要特別小心。即使你和阿隆遇到危險，我可能也愛莫能助。」

「我沒有拜託你這些事。島津，你知道嗎？樹越大，倒下的時候越快，而且會發出很大的聲響。」

島津先生張大眼睛說：「冴木，你該不會——？」

「想當年我應該摧毀是藏。因為他太頑強了，所以沒能摧毀他，但這次我不會放過他，你就等著豎起耳朵聽清楚。」老爸露齒一笑說：「聲音一定很美妙。」

我和老爸向島津先生道別後，坐上了廂型車。

「接下來有什麼打算？」

「去找鐵仔。」

「怎麼找？」

「你就看著吧。」

老爸駛向新宿的方向。

等我們來到歌舞伎町時，已經晚上十點多了，但歌舞伎町仍然人潮洶湧。從比我更年輕的小鬼，到穿西裝、打領帶的禿髮老頭，都穿梭在霓虹燈的洪水中。

老爸停好車，立刻朝洪水的中心邁開步伐。

「老爸，」我追上去問道：「你該不會想問走在路上的兄弟，哪裡有不錯的醫院吧？」

「這個主意也不壞。」

頓。

老爸回答，他走路的時候雙手插在皺巴巴的西裝長褲口袋裡。

開什麼玩笑！如果這麼問，不僅沒有人會認真回答，可能還會被拖到暗巷裡痛扁一

「我先聲明，即使你和兄弟打起來，我也不會幫你喔。」

「真無情啊。」

「我可不想被響尾蛇咬。」

不一會兒，我和老爸穿過歌舞伎町的鬧區，走到後巷內一個氣氛詭異的街角。

一個用手巾纏頭，看起來像海和尚(註)，感覺穿戰鬥服比穿短褂更合適的皮條客正死皮賴臉地擋住我們的去路。

「去這種地方對高中生是不良示範喔。」

「任何事都有第一次，那就這家吧？」

說著，老爸在一家店門口停下腳步，海和尚立刻黏了上來。他不僅沒有頭髮，連眉毛也剃光了。雖說歌舞伎町很大，但長相這麼凶惡的皮條客應該沒幾個。

「老闆，你的眼光真好。我們店裡的服務在歌舞伎町也是數一數二的。」

他拉著老爸的手臂時，也沒忘了炫耀拳頭上練空手道練出的繭。

「嗚嘿嘿，這位是你弟弟嗎？」

「我兒子，父子兩人想來喝點酒。」

那家店裝了一道紫色玻璃門，完全看不清店裡的情況。

「太好了。我們店的燈光好，氣氛佳，可以喝個痛快，嗚嘿嘿嘿。」

他迫不及待地推開紫色玻璃門。紫色本來就是危險的顏色，現在即使是溫泉街的小酒店，也不會裝紫色的玻璃門。

「歡迎光臨。」

那家店小得像麻雀的肚子，細長形的格局，放了兩張廉價的桌子和沙發，而且光線極暗，連自己的手指也要放到鼻尖前才看得到。

當然，除了我們以外，沒有半個客人。

裡面有一張小吧檯，兩個穿著短到不行的閃亮迷你裙小姐站在吧檯內。我只能從她們身上的裙子勉強分辨出她們是女人，完全看不清她們的年紀和長相。

「歡迎這對父子客人，要好好招待他們！嗚嘿嘿嘿。」海和尚大叫著。

「來，來，請坐，請坐。這兩位是美由紀和明美。她們是剛來這家店的新小姐，要溫柔地教她們喔，嗚嘿嘿嘿。」

註：海和尚據說是海上一種人頭烏龜身的禿頭妖怪。

我和老爸面對面坐了下來。

「歡迎光臨，嘿咻。」

明美一屁股坐在我腿上，如果她是剛來的小姐，也未免太進入狀況了。她除了臉上擦了厚厚的粉底以外，連脖子和手臂都是滿滿的粉味。

至於臉部，假睫毛、腮紅加口紅，能用的彩妝都用上了，完全看不到她原來長什麼樣子，唯一知道的是我腿上承受了超過六十公斤的重量。

「妳、妳好像有點重。」

「弟弟，沒關係啦。」明美說著，扭著屁股磨蹭我的大腿。

「啤酒，我和美由紀要喝雞尾酒，再來兩套下酒菜。」

「好哩，嗚嘿嘿嘿。」

六瓶開栓啤酒、兩杯奇怪的粉紅色雞尾酒，以及花生、魷魚各兩盤以電光石火般的速度送上桌。

「弟弟，要不要我用嘴餵你喝？」

咕咚咕咚倒進杯子裡的啤酒一點都不冰，幾乎半杯都是氣泡。

「來，請用吧。」躲在明美身後，看起來似乎年輕許多的美由紀說道。

「好，好。嗯？怎麼不冰啊。」老爸心情似乎很好。

「啊喲，這怎麼行？啤酒不夠冰啦。」美由紀說。

「好哩，不好意思，馬上拿冰啤酒來。」

剛開的六瓶啤酒立刻收走了，又送來六瓶啤酒。

「真不夠貼心，對吧？」

美由紀整個身體都倒向老爸。她也跨坐在老爸腿上。

「沒關係，不過，耳朵被妳咬得有點痛。」

「那你想要我咬你哪裡？呵呵呵。」

我仰頭看著天花板，一個啤酒杯立刻擋在我眼前。

「弟弟，你不喝嗎？」

「我還未成年。」

「沒關係，我也是啊。」

明美露出不知道垂了幾層的下巴如此堅稱。

「但是，我踏進這家店後，一直想起我老媽。」

「啊喲，真過份。沒關係，那你想不想吸一下媽媽的奶？」

「呃，不用了，我一直都是喝奶粉長大的。」

「水果來了。」

碰都沒碰的花生被收走了，桌上出現了一盤香蕉和鳳梨的水果盤。

「嗯？我沒點啊。」

「美由紀點的。」

「美由紀，妳點的嗎？」

「嗯，因為我想餵你吃。」

「那張開嘴巴，啊嗯。」

「啊嗯。」

「你別看著別人流口水了。」

我的雙手被明美拉到她下垂的乳房上。

「這是特別服務喔，因為我最喜歡年輕人了。」

她主動拉我的手去摸奶，卻發出陶醉的聲音。

「喂，阿隆，我喝了幾口酒，回去的時候你開車。」

「老爸，我沒駕照耶。」

「對喔。」

老爸一把推開美由紀站了起來，美由紀發出一聲慘叫。

「開車不喝酒，喝酒不開車，我的點數已經被罰得差不多了。」

「而且，媽媽也在等我們。」

「客人要走囉。」明美動作俐落地收起乳房，用公事化的口吻說。美由紀也站了起來，頭也不回地走去吧檯。

「好的，好的，謝謝捧場。」

海和尚拿著一張紙從裡面走了出來。

「這裡太暗了，看不清楚。七千八百圓嗎？真便宜。」

「嗚嘿嘿，真會看玩笑，看錯了一個零。」

「七百八十圓？」

「是七萬八千圓。」

老爸看著我問：「阿隆，你身上的錢夠嗎？」

「好像不夠。」我假裝摸了摸口袋後回答。

「不夠？」海和尚問。他的語氣仍然很客氣。

「不夠。」老爸很坦誠。

「那你身上有多少？」

「五千圓，阿隆，你有多少？」

「差不多兩千圓。」

「他媽的！」海和尚說著，一腳踢翻了桌子。

3

「身上只有五千圓就來喝酒，你在搞什麼？」海和尚看著老爸的臉說：「他媽的，你小看歌舞伎町嗎？」

「……」

「我告訴你，在歌舞伎町，付不出酒錢的人就要用身體來還。一根手指一萬圓，你就留下八根手指吧。」

「應該很痛。」

「媽的，你別給我耍嘴皮子，你是不是不要命了？」

海和尚左手拿起地上的啤酒瓶，右手用手刀一揮而下。啤酒瓶立刻斷成了兩半。

「這位先生，我勸你還是乖乖付錢吧。我們經理是空手道四段，一旦惹火他，後果就不堪設想了。」

明美叼著菸，從裡面晃出來。

「但我沒錢，想付也沒辦法。」

「你不想活命了嗎？」

海和尚語氣越來越凶了。

「別說我沒告訴你，這家店是新宿花卷組開的，你可以去我們事務所好好聊一聊。不過，事務所的人比我更火爆，真的會要你的小命。」

老爸抓著頭說：「五千圓真的不行嗎？」

海和尚反手一拳，揮向老爸的臉。說時遲，那時快，老爸一把抓住了他的拳頭。

老爸將他的手一扭，海和尚發出一聲慘叫，轉了一圈，趴倒在地。

「你幹什麼！」明美大叫起來。海和尚慌慌張張地想要站起來時，老爸用斷裂的啤酒瓶頸放在海和尚的臉上，膝蓋抵住他的胸口。

「要不要把你的眼珠子挖出來？」

明美跳到電話旁，我按住她的手。

「你們是誰？你們到底是誰？」明美臉色發白。

「我們是微不足道的打——父子。」

即使在這些人面前說那句廣告詞也無濟於事吧。

「你、你們是哪個堂口的？」已經動彈不得的海和尚咆哮著。

「我們的事務所就在上面，我大哥馬上就會下來。」

「是嗎？我只是想問你幾件事而已。」

「什、什麼事？」

「我想打聽一家醫院。如果你們受了不願意被警察知道的傷時，都會去哪家醫院？」

「你、你說什麼……？」

「我不是說了嗎？」老爸將啤酒瓶抵在海和尚的臉上，「假設我挖掉你一顆眼珠子，雖說這是意外，但別人可能認為不是意外。」

「你在說什麼屁話！」

「聽我把話說完。」

「啊！我知道了啦。」

「假設不是意外，事情就大條了。醫院會報警，到時候就必須向警方交代受傷的理由。為了避免這種情況發生，就需要找個口風很緊的醫生。」

「這種事我怎麼知道！」

「不然我將你的眼珠子挖出來試試看？」

「好、好，我說，我說。前面第二個街口左轉的色情按摩店二樓，有一家歌舞伎町診所。」

「是嗎？謝啦。」老爸說完，將啤酒瓶丟到一旁，挪開身體。

「王八蛋！」海和尚一站起來就朝老爸撲過去，老爸用手肘抵著他的下巴。

「啊喲，真不好意思。」

海和尚「呃」了一聲，倒在地上。

老爸扶起倒地的桌子，從口袋裡掏出皺巴巴的一萬圓紙鈔。

「不好意思，弄髒了你們的店啊。美由紀，我下次再來找妳喔。」

美由紀神色緊張地拚命搖頭。

「走吧。」老爸說著，推開紫色玻璃門，我跨過躺在地上的海和尚。

「不好意思，我老爸黃湯下肚，整個人就變了……」對著海和尚說完之後，我趕緊追上老爸。

我們很快就找到了「歌舞伎町診所」。海和尚說的沒錯，就在名叫「天使心」的色情按摩店的二樓。按摩店入口旁有道很陡的樓梯，我們走上樓梯時，發出吱吱咯咯的聲音。

走上樓梯，發現診所只有一間候診室，已經有人等在那裡了。

前面那兩個人一看就知道是黑道兄弟。其中一個是年輕的嘍嘍，右手用毛巾包著拳頭，嗚嗚呻吟著。毛巾上滲著血，按著毛巾的左手小拇指和無名指都沒有第一截。陪在一旁的是一個三十歲左右的男人，戴著墨鏡，臉上毫無同情之色，翹著腳抽菸。

「大哥，好痛。」

「那有什麼辦法？誰叫你自己做事腦筋不清楚。」

「大哥，我好痛，為什麼不幫我打針？」

「笨蛋！」墨鏡男打了囉嘍的頭。

我和老爸互看了一眼。這家診所的確是黑道的御用診所。

這時，寫著「診察室」的門打開了，一個白色龐然大物晃了出來。

那根本是穿著護士服的相撲力士，體重至少有八十公斤。滾圓的臉上堆滿橫肉，就連女子摔角中的反派角色在她面前也會自嘆不如，短袖制服下露出的手臂和我大腿差不多粗。

「嘰哩呱啦，嘰哩呱啦吵死了，又剁手指了嗎？你真是狗改不了吃屎。」

護士小姐一走出來就這麼說。老爸瞪大眼睛。

護士粗壯的脖子微微偏了偏，向那兩個黑道兄弟揚了揚頭。

「進來吧，醫生幫你看診。你們呢？哪裡有問題？」

她從上到下打量我們。

「我這個笨兒子玩過頭了，說不出口的地方得了病。」老爸滿不在乎地說。

「喂！」

「是嗎？」護士哼了一聲，「那等一下，我先聲明，本診所不適用健保。」

兩個黑道兄弟進去後，診察室的門砰地關了起來。

「你也說得太──」

「那有什麼辦法？不管是你還是我，從外表來看根本沒病。」

這時，門內傳來「嗚哇」的慘叫聲。

然後，慘叫聲變成了啜泣聲。

「好可怕，真的是醫生嗎？搞不好是在大學醫院做什麼活體解剖被踢出來的科學狂人……」

「像是納粹的科學家那樣嗎？」老爸問。然後，突然露出奇妙的表情。

「怎麼了？」

「不……，我突然想到一件事。」

他點了一支菸，陷入沉默。

終於，診察室的門打開了，手上包著繃帶的嘍嘍和陪他來的墨鏡大哥走了出來。

「謝謝。」

「雖然我說了也沒用，但還是要告訴你，不能喝酒，還有，如果打安非他命，麻醉就會失效。」

護士送他們出來時說。很難相信這是會在醫院聽到的對話。護士遞上藥袋後說：

「拿去，十萬圓——」

「呃，有沒有收據……？」

「這裡沒這種東西，我當然也不可能給你。」

護士大喝一聲，墨鏡男只好灰溜溜地從皮夾裡拿出錢。

想要收據的黑道大哥，和不願給收據的醫院。大千世界，真是無奇不有啊。

「多保重。下一個，染上性病的小鬼進來吧。」

我嘆了一口氣。

這時，傳來有人衝上樓梯的腳步聲，候診室的門猛地被推開了。剛好撞到準備伸向門把的囉嘍的右手。

「……」

囉嘍發出一聲慘叫，整個人蹲在地上。

「啊，在這裡！」

衝進來的是剛才那家黑店的海和尚，身後跟了三、四個年輕人。

「他媽的！你想幹嘛！」

囉嘍滿臉漲得通紅站了起來，和海和尚相互指著對方的鼻子。

「你說什麼？」

「原來是花卷組的小弟。」

「你說什麼？媽的！」

剛才那兩個人和海和尚似乎分別是對立幫派的人，海和尚自作聰明地叫了起來：

「我知道了，剛才是你們派人來找麻煩，原來你們是一夥的！」

「他媽的，你在說什麼莫名其妙的鬼話。」墨鏡男向前一挺。

「想打架嗎？敢來我們地盤搗亂，我叫你吃不了兜著走！」

「別整天說一些莫名其妙的話，你囉嗦個屁啊！」

「媽的，小心我宰了你！」

雖然這兩組人馬屬於不同的幫派，但他們的詞彙都出自同一本國語辭典，而且內容都少得可憐。

「你們在候診室吵什麼！」

護士大吼一聲，大搖大擺走了過來。那群黑道兄弟嚇得倒退了幾步。

「你們是花卷組的吧，有什麼事？」

「不是來找診所的，是來找他們的。」海和尚努了努下巴，指著我們說：「是來幹掉他們的！」

「你知道這裡是哪裡嗎？」護士雙手扠腰，瞪著海和尚說。

「我知道。」

「是嗎？那你應該也知道在這裡找麻煩會有什麼後果吧？」護士氣勢十足地說：「嗯？你、應、該、知、道、吧？」

黑道兄弟似乎在平時受照顧的護士面前抬不起頭。海和尚嘴裡嘀嘀咕咕，但還是低下了頭。

「吵死了，發生什麼事了？」

這時，響起很有磁性的嫵媚說話聲，診察室內走出身穿白袍的醫生。老爸呆呆地張大了嘴。

「啊，醫生……」

「醫生好。」

幾個黑道兄弟紛紛鞠躬。

他們口中的**醫生**一頭挑染成金色的長髮，臉上的妝有點濃，穿著黑色緊身裙。

沒想到黑道兄弟的御用醫生竟然是女的，而且是性感大姊姊。年紀大約二十七、八歲，但也可能更大，根本不像是醫生，比較像是愛玩的化妝品專櫃小姐。

女醫生慵懶地揮了揮手，好像「噓、噓」地在趕野狗。

然後，她轉過身看著我們，特別盯著老爸看了好幾眼。

「進來看診吧。」女醫生眨了眨長睫毛說道。

4

走進診察室後，女醫生坐在桌前的旋轉椅上，轉過來看著我和老爸。她高高翹起腿時，白袍和開叉的緊身裙的下擺掀了起來，性感得不得了。老爸的眼睛當然死盯著她的大腿。

「你在看哪裡？看哪裡啊？」護士反手關上門後問。

「哪裡不舒服？從外表來看，你們應該都沒有什麼大問題……」

女醫生微微偏著頭，嫣然一笑。老爸清了清嗓子。

「呃，聽說這家診所很受病人的信賴。」

「對，因為醫生和病人之間的信賴關係最重要。」

女醫生拿起桌上的筆放在嘴唇上，點頭回答。老爸探出身體說：

「其實，我有一事想要拜託。」

「什麼事？」

「我朋友身負重傷，住進了醫院。我想去探視，卻不知道在哪家醫院……」

女醫生面無表情地注視著老爸問：「你認為我知道那家醫院嗎？」

「——比方說，如果有一個不住院就會有生命危險的重傷病人送到這家診所，妳會介紹去哪一家醫院？」

「必須看病人的症狀決定，看是心臟有問題還是受傷……」

「是受傷。」

「車禍嗎？」

「比較少見的傷。」

「喝醉了從樓梯上滾下來？」

「更罕見的。」

「打架流血了？」

「還差一點。」

女醫生目不轉睛地看著老爸，老爸用右手的食指和大拇指做出開槍的姿勢，嘴裡無聲地「砰」了一聲。

「遇到這種外傷，醫生有義務要報警。」

老爸點點頭說：「我知道。但我這位朋友背景有點複雜，所以不希望驚動警方。」

女醫生靠向椅背，從白袍口袋裡掏出香菸，夾在指尖。

「有火嗎？」

「阿隆。」老爸和女醫生四目凝望，我只好從牛仔褲口袋裡拿出一百圓打火機。

「謝謝。」女醫生單手撩起頭髮，為香菸點了火，頓時飄來香水的味道。

「你年輕力壯，但香菸危害健康，你也要注意身體。」

她吐了一口煙，她的媚眼令我心神不寧。

「你叫什麼名字？」

「我姓冴木，冴木涼介，他是我兒子阿隆。」

「冴木先生，遇到這種病人時，如果沒有相當關係的介紹人，我是不會介紹醫院的。而且，介紹人此後還需要向本診所提供各種援助。」

「所以，是贊助會員嗎？」

「對。」女醫生露出微笑。

「醫院應該也不止一家而已吧？」

「因為每家醫院擅長的病症不同。冴木先生，請問你是從事哪一個行業？」

「我在廣尾經營偵探事務所，名叫『冴木偵探事務所』。」

「偵探……」女醫生頓時露出冷漠的視線。

「如果我願意付高額介紹費，妳願意告訴我嗎？」

「還要有介紹人，請不要忘記。」

「介紹人是是藏豪三。」

女醫生舉到嘴邊的菸停在半空。

「是藏……」

「對，我想知道是藏會把手下送去哪家醫院。」

「要不要趕他們走？」

護士咚、咚地往前走來。

「我會保守祕密。」

女醫生搖搖頭。

「我只有去看病時才會將性命交到別人手上。」

「請回吧——」護士抓住老爸的手臂，老爸把另一隻手伸進上衣。

「這是介紹費。」

老爸拿出之前幸本交給他的支票信封遞給女醫生。

女醫生接過信封，立刻撕開，一看到裡面的支票，猛然倒吸了一口氣。

「等一下。」她制止了試圖將老爸拖出去的護士。

「應該不是芭樂票吧？」

「是真的支票。」

老爸，把開給死人的支票拿給別人不好吧……？

「好，成交。」

女醫生拿起筆，在空白的病歷紙上寫了起來。

「是藏擔任兩家醫院的理事，另外還有一家是他情人經營的外科醫院。」

「情人？」

「對，是外科醫生。那個**男人**從高中時到醫科大學畢業，都是是藏的入幕之賓。」

女醫生說著，眼中閃出異樣的光芒。

「妳該不會認識他？」我問。女醫生嘴角露出一絲冷笑。

「我被他玩弄了。明明是被老頭子包養的人，卻大玩特玩女人。」

「是嗎？沒想到像妳這樣的美女也會落入魔爪。」老爸難以置信地搖搖頭。

女醫生將病歷紙遞給老爸。老爸接過來後，塞進口袋裡。

「我絕對會保守祕密。」

「如果有機會見到院長——這種病人應該都是院長親自診療——請你幫我將他的鳥蛋捏爆。」

「……」老爸說不出話。

「下面不是有人想找你麻煩嗎？我會讓護士帶你們走後門，多保重。」

女醫生說完，對我們嫣然一笑。

病歷單上寫的醫院名字是「藤木外科」，位在品川區東品川。

品川的確離「日本防災聯盟總部」很近。

我和老爸從色情按摩店的員工出入口離開後坐上廂型車，避開了海和尚的埋伏。

「直接去嗎？」老爸回頭看著我。

「好事不宜遲。」

車子經過新宿路的塞車車陣，駛向品川的方向。

「醫院的看診時間應該已經過了吧？」

「那更好。」

藤木外科距離ＪＲ山手線軌道有一小段距離，是棟六層樓的醫院。

建築物還很新。

停好車後，我和老爸繞到醫院後方的後門，那裡有兩個身穿制服的警衛。

兩個人都身材魁梧，一看就知道是是藏的手下。

我先走向窗口。

「有什麼事？」

「呃，我家人住進這家醫院，聽說他的情況不太好，叫我馬上過來……」

「上面沒有交代，你家人叫什麼名字？」

「鐵仔。」

「什麼？」

「大家都叫他鐵仔。」

警衛審視著我。

「跟我來。」他從警衛室裡走了出來，老爸立刻閃到他身後。

警衛察覺到動靜，猛然回頭。

「你是誰？」

老爸的右手直擊警衛的胸口，他呻吟了一下往前倒時，老爸的手刀揮向他的脖子。

警衛當場倒地。

「你想幹嘛？」另一個警衛伸手想拿警衛室的電話。

老爸闖進警衛室，用右手按住他的手，當他想甩開老爸時，老爸又用左手抓住他的脖子。

「你也想住院嗎？」

「好、好難過，你是誰——？」

「鐵仔住在這家醫院吧？」

「哼。」

我從躺在地上的警衛身上發現很猛的道具，是電擊棒。

「老爸，接住。」

老爸反手接住後，在警衛面嗶嗶嗶地閃出火花。

「我、我說，在二樓，昨天在加護病房，今天已經搬到二樓的單人病房。」

「幾號病房？」

「二、二〇一。」

「好，辛苦了。」

老爸將警衛的額頭撞向警衛室的牆壁，後者渾身癱軟地倒在地上。

恐怖的世界史

打工偵探拷問遊樂園

1

我和老爸用皮帶和領帶將倒在地上的制服警衛綁好後，從藤木外科醫院的後門走進去。

深夜的醫院漆黑又安靜，一樓是門診掛號處和藥局，現在當然沒有人，只亮著綠色的夜間照明，讓人感覺毛毛的。

我和老爸從逃生梯來到二樓，上樓後，左右兩側都是走廊，護理站在左側。

老爸示意我低下頭。護理站亮著燈，應該有護士在值班。

我和老爸匍匐前進，爬過護理站的窗下。

幸好面對走廊的每個病房門都是關著的，萬一有病人起床，也不會看見我們。

二〇一室的單人病房位在走廊盡頭，我們父子在醫院走廊的冰冷油氈布地板上爬行，爬到不會被人看到的地方才終於站了起來。

老爸用下巴指了指掛著「謝絕面會」牌子的二〇一病房門。

我點了點頭，走向病房。

老爸左顧右盼後，緩緩轉動門把，下一秒就閃了進去。

他的動作俐落，簡直讓人懷疑他是靠闖空門為生。

我也跟著閃進病房。

病房內拉起窗簾，室內昏暗，有一股刺鼻的藥水味。

當眼睛適應黑暗後，發現病床在靠窗的位置，病床旁放了點滴架。

黑暗中傳來隱約的鼾聲。

老爸在黑暗中點點頭，悄悄走向病床。

躺在病床上的正是鐵仔。敞開的浴衣內，可以看到胸口以繃帶包得密密實實。我將他枕邊的緊急呼叫鈴輕輕拿到一旁，以防萬一他按鈴。

老爸伸出左手捂住鐵仔的嘴巴，手掌用力按住，避免他的叫聲傳出來。

鐵仔猛然張開眼睛，老爸立刻以剛才從警衛身上奪來的電擊棒在他面前閃出火花。黑暗中，閃亮的火花好像仙女棒。

鐵仔在老爸的手掌下發出「唔、唔」的呻吟。

我按住鐵仔的雙手。鐵仔的眼珠子拚命轉動，輪流看著我和老爸。

「沒錯，聽說你很照顧我兒子。」

「唔、唔。」鐵仔叫了起來，額頭上冒出密密的汗珠。

他中槍被送到醫院，好不容易撿回一條命，沒想到半夜居然還被我們父子攻擊——鐵仔應該覺得像在做惡夢吧。

當然，我完全不打算同情他。

「聽好了，我要問你幾個問題，如果你大聲喊叫或是不乖乖回答——」老爸抓住點滴管說：「我就會把中間割斷，讓你一輩子都沒辦法動彈。如果你的血壓夠高，血就會流光；如果你的血壓低，空氣就會流進你的血管。如果氣壓不足，我會幫你把空氣吹進去。」

鐵仔瞪大眼睛，拚命搖頭。這也難怪，誰都不會願意吧。

「你也不許說謊或隱瞞，否則，電擊棒會隨時侍候。你現在受了傷，身體很虛弱，搞不好心臟會罷工。我盡可能不想使用，聽懂了嗎？」

鐵仔用力點頭。

「很好，那我就鬆手囉。」老爸說著，左手從鐵仔的嘴上移開。

「媽、媽的——」

「啊喲。」鐵仔沙啞的聲音才說了幾個字，老爸立刻捂住他的嘴說：「我知道你很想和我們打招呼，但也免了。不好意思，我在趕時間。」

老爸將電擊棒按出陣陣火花，鐵仔無奈地點點頭。

老爸再度鬆開手，這次鐵仔不再吭氣，只是瞪大眼睛看著我和老爸。

「第一個問題，安田五月在哪裡？」

「在會、會長那裡。」

「是在他家的意思嗎？」

「對。」

「他家在哪裡？」

「世田谷的松原。」

「是有庭園的那一棟豪宅嗎？」

鐵仔點點頭。

「很好。接下來是第二個問題。你們在找什麼？」

鐵仔的喉嚨發出咕嚕的聲音。

「你、你們真的不知道嗎？」

「不知道。」

「是、是畫。」

「畫？」

「對，是幸本在歐洲收購的畫。」

「什麼畫？」

「這我就不知道了。」

「背後的金主是是藏豪三吧？」

「對，沒錯。」

「我們來複習一下。幸本在哪裡買了畫？他打算用什麼方法把畫運回日本？」

「歐、歐洲的——」

「歐洲這麼大。」

「德國。統一前的西德。」

「向西德的誰收購的？」

「修、修密特，叫修密特的男人。」

「畫是怎麼運回日本的？」

「修密特的手下——」

「修密特是幹什麼的？」

「是祕密組織的幹部。」

「什麼樣的祕密組織？」

「納、納粹黨，新納粹黨。」

「果然是這樣。」老爸自顧自地點頭說：「修密特的手下有沒有一個銀髮老太婆？」

「不、不知道。」

「算了。然後呢？」

「修密特的手下答應會偷偷將畫夾帶進來，不被海關發現。幸本則在暗中協助。」

「但這幅畫被人搶走了。是神谷搶走的嗎？」

「對。」

「那幅畫是**掠奪品**。」

我不懂老爸這句話的意思。

鐵仔沒有說話。

「是藏已經支付了畫的錢嗎？」

「付了四分之一。」

「多少？」

「二十五億。」

老爸張大嘴巴。

「二十五億？所以，那幅畫總價是一百億嗎？」

「對。」

「就一幅畫而已？」

「其他還有好幾張，但會長說，那些都只是**附贈品**。」

一張畫就要一百億。當然，有日本人願意出價兩百五十億收購梵谷和雷諾瓦的作品，這個金額並不算太離譜。

「所有的畫都被搶走了嗎？」

「只有一幅，最重要的那幅。會長說，因為那幅畫太有名了，所以無法輕易帶進日本。」

「所以是以走私的方法嗎？」

「對，想出這個方法的是幸本，由修密特的手下負責執行。」

「神谷知道畫的事嗎？」

「不知道。誰都沒有想到畫會被人搶走。」

「所以，原本的計畫是由修密特的手下從德國將畫夾帶進日本，交給幸本後，再轉交給是藏，但修密特的手下交給幸本時，被神谷**搶走**了，是不是這樣？」

「沒錯。神谷認識幸本，會長說，唯一的可能就是幸本透露的消息。」

「幸本在這件事中的作用是什麼？」

「會長會建造一座私人美術館，由他負責蒐集和鑑定作品。」

「是你們幹掉幸本的嗎？」

「不是。那些德國人懷疑是我們和神谷聯手，想以四分之一的價錢搶走畫。他們不相信日本人。」

「應該是不相信日本的流氓吧。」老爸說完，看著我問：「你還有其他的問題嗎？」

「是藏的弱點，那個老頭子最怕什麼？」

「我兒子想知道這件事。」

「會長沒有弱點！他很偉大！」

老爸搖搖頭說：「國家社會主義德國勞動黨也認為他們的總統很偉大。」

「什麼意思？」

「等一下再告訴你。」老爸說完，俯下身體盯著鐵仔說：「是這裡的院長幫你治療的嗎？」

「是、是啊。」

「有人要我帶話給院長。」

老爸的右手伸進毛毯，左手捂住鐵仔的嘴。

下一秒，鐵仔嘴裡隱約發出一聲無言的慘叫，他翻了翻白眼昏死過去。老爸皺著眉頭抽出右手。他似乎很想趕快洗手。

我聳了聳肩，鐵仔口吐白沫。

「既然女醫生拜託，我們當然要使命必達。走吧。」

老爸說著，用捏爆鳥蛋的手指向病房出口。

「如果安田五月在是藏豪三的家裡，我們就無法輕易下手。」

回到廣尾的事務所，老爸拿起冰啤酒說。

「因為那裡戒備森嚴嗎？」

「對，其實他只要回想一下自己做的事，就知道不可能死在榻榻米上，但越是這種人，越是把自己的家裡做成要塞。」

「你覺得五月還活著嗎？」

「如果想幹掉他，就不會帶他回自己家。是藏可能以為那幅畫在我手上，或許他想用五月和我們交換。」

「但他沒有打算用我來交換。」

「因為他一聽到冴木的名字就氣瘋了，如果他下次逮到你，就會拿你來做交易了。」

「開什麼玩笑。」

「所以……」老爸從年代久遠的捲門書桌旁站了起來。

「這裡也已經不安全了。」

「他們會找上門嗎？」

「對，如果幸本向那些德國人吐露了我們的事，情況就更棘手了。」

「掠奪品是什麼意思？剛才你說的國家什麼主義德國什麼的黨又是怎麼一回事？」

「這個啊——」老爸正想開口時，正巧書桌上的電話響了，老爸接起電話。

「喂？是我。怎麼了？是不是發現什麼線索了？」

電話似乎是島津先生打來的。行動國家公權力因為老爸的關係被迫加班中。

「原來是這樣，我也有事要告訴你。——不，這裡不方便。」

老爸說完這句話後，靜靜聽島津先生說了一會兒。

「可以啊，誰付錢？喂，喂，我也是奉公守法的納稅人啊。」

他又在胡說八道了。

「好，我知道了，那我現在就過去，那我們一邊吃早餐，一邊慢慢聊。嗯，好，那就一會兒見。」

老爸掛上電話，回頭看著我說：

「阿隆，收拾一下行李，已經找到地方住了。住在那裡，就連是藏的手下也動不了我們。」

「該不會是警方的拘留所吧？」

「比那裡稍微好一點。」

「ＯＫ。」我應了一聲，走進自己的房間，將「外宿行頭」塞進登山包。照這樣下去，我看恐怕今年也很難從高中畢業。

我將登山包揹在肩上，走到客廳時，老爸用頭指向門的方向。

「上路吧。」

「好哩。」

我打開門。

「好像遲了一步。」

那個銀髮老太婆拿著一把好大的手槍站在門口。那是裝了消音器的德國手槍。她的身後站了兩個白人。

老太婆晃了晃槍口，命令我後退。

那兩個白人彪形大漢一頭金色短髮，皮膚特別有光澤，一看就知道他們是雙胞胎。

年紀大約二十五、六歲，和那個銀髮老太婆看起來不像母子，而像是祖孫。

幸本果然被注射了自白劑，招供出這裡，這三個人似乎已經在聖特雷沙公寓的走廊上埋伏多時，靜候「冴木偵探事務所」開門。

我舉起雙手退回客廳中央。老爸闔起張大的嘴，注視著三個不速之客。

「……」老太婆用德文不知道說著什麼。

「他在說什麼？」

「你這個黃色小猴子，給我們添了這麼多麻煩。」老爸為我翻譯。

金髮二號關上「冴木偵探事務所」的門，鎖好。金髮一號立刻檢查我的房間和老爸的「淫亂空間」，確認這裡沒有其他人。

我和老爸聽他們的命令，面對面坐在捲門書桌前的老舊沙發上。以下的對話由老爸負責翻譯。

「嬰兒在哪裡？」

老太婆將手槍交給金髮二號，站在我們父子面前。

「不在這裡。」

「在哪裡？」

「你們要找嬰兒幹什麼？」

「你只要回答問題就好！」

老爸聳了聳肩說：

「這裡是我們父子住的地方，沒辦法照顧嬰兒，所以送去育幼院了。」

老爸說這種謊話好嗎？只要打一針，就知道他在信口開河。

「佛利茲！」

老太婆頭也不回地叫了一聲，金髮一號狗一樣地跑了過來。他的右手拿著醫生包般的黑色皮包。

金髮一號——佛利茲把皮包放在地上，啪嗒一聲打開扣環。

「來了……」我喃喃地說。皮包裡放了一整排針筒盒和針劑。

老太婆從皮包裡拿出銀色的針筒盒，從裡面拿出和我在幸本畫廊曾經看到的細長針筒。

佛利茲恭敬地遞上一劑針劑。老太婆將針頭裝上針筒，刺進針劑的橡皮蓋子。

「好像不太妙耶。」我對老爸說。

老太婆神情嚴肅地將針筒從針劑裡拔了出來，對著天花板。她壓了壓針筒的活塞，藥水從針頭噴了出來。老太婆右手的無名指上戴了一枚超大的土耳其石戒指。

「被他們知道我會說德文恐怕很慘吧？」老爸愁眉不展地說。

沒想到金髮二號開口說出發音生硬的日文。

「接下來、我們會用、潘托散、審問你們。請你們、注意、聽好。剛才忘了、自我介紹，我的名字叫、漢斯。」

他說話的語氣好像是日文很不輪轉的導遊在向團體旅行的客人介紹行程。

「這種、潘托散是、藉由注射、立刻發揮效用、的麻醉劑。雖然、沒有、危險，但如果、你們不老實，就無法、發揮效果。到時候，我們、會用、更強效、的藥劑。但是，那種、藥劑、很危險，所以、請、誠實、作答。」

「……」老太婆不知道又用德文說了什麼，會說日文的漢斯走向我，將我的袖子捲了起來，以沾了酒精的脫脂棉擦了擦我手肘內側。

雖然比雲霄飛車好上一百倍，但為什麼我老是遇到這種危險事？

「我該怎麼辦？」

「就好好爽一下吧。」老爸事不關己地說。通常別人的老爸不是會挺身而出，說「不要動我兒子，要打就打我吧」之類的嗎？

「別擔心，放輕鬆，眼睛一閉就過去了。」

老太婆拿著針筒走了過來。

這一陣子的阿隆似乎總擺脫不了被拷問的命運。

這時，事務所的窗戶玻璃「啪」地一聲破了，一個好像砲彈的東西丟了進來，不斷冒出黑煙。

我吸了一口煙，頓時劇烈咳嗽起來，淚流不止。是催淚彈。

「阿隆，閃開！」

老爸說完，伸腿絆倒老太婆。老太婆重心不穩倒在地上，針筒飛了出去。

佛利茲掩著嘴用力咳嗽，扣下了手槍的扳機。「噗嘶」一聲，老爸剛才坐的沙發椅背裡的填充物彈了出來。

老爸拉著我走向出口。老太婆、佛利茲和漢斯身體彎得像蝦子，痛苦地咳嗽著。他們似乎吸進了很多瓦斯。

事務所內瀰漫著催淚瓦斯。

老爸打開鎖，把門拉開時，背後又傳來一聲「噗嘶」的槍聲，打中門板。我忍不住縮起脖子。

衝到走廊上，吸入新鮮空氣後，仍然咳嗽不已，淚流不止。

「Come on-!」

當我們來到聖特雷沙公寓的一樓時，看到一輛熟悉的黃色五門車停在門口。旅人馬克・米勒從駕駛座的車窗向我們揮手，副駕駛座的車門敞開著。

我和老爸跳上五門車。車子來不及關門就駛了出去。

2

「我一直想找機會謝謝你救了我兒子，沒想到你這次又救了我們父子……」米勒的車子從廣尾經過西麻布的十字路口，來到青山墓地附近時，老爸用英語說道。

「我只是在追他們，救你們只是順手之勞。」

白人從後照鏡中看著老爸。

「是為了找回當時為了建造總統美術館而被掠奪的美術品嗎？」

米勒踩了剎車。那裡是青山墓地的正中央。

他回轉頭，目不轉睛地看著老爸的臉。

「你不是普通的私家偵探。」

「你也不是普通的旅人。」

米勒一動也不動地瞪著老爸的臉。

「你是摩薩德的人？」老爸問。

米勒連眼睛都沒有眨一下地說：「你是內閣調查室的人嗎？」

「我？如果我是的話，怎麼可能找兒子幫忙。」

我不發一語地輪流看著他們的臉，完全聽不懂他們在說什麼。

「修密特是什麼人？」老爸問。

「他手上掌握了鉅額的資金，癡人說夢地妄想建設新生第三帝國，試圖在東、西德合併之際擴大組織。」米勒回答。

「原來如此，難怪叫新納粹。」

「我們絕不允許納粹勢力再捲土重來。」

「可不可以說簡單一點，讓我也能聽懂？」

我插嘴說，老爸點點頭說：

「『國家社會主義德國工人黨』簡稱NSDAP——這是第二次世界大戰之前統治整個德國的納粹黨的正式名稱。一九二八年，希特勒就任黨的指導者，一九三四年擔任德國首相後當上了總統。納粹黨是黨名，納粹代表黨員。德國軍隊在納粹黨獨裁統治下侵略了歐洲大陸的各個國家，在一九四〇年攻下巴黎，佔領了法國。

「那時候，希特勒稱王，是無所不能的神。他虐殺猶太人，沒收了他們的財產。同時，希特勒打算在自己故鄉附近的林茨建造『總統美術館』，試圖將林茨變成歐洲文化中心。」

米勒接著說：

「那個當不成畫家的矮男人用他手上的權力掠奪了大量美術品，沒有人敢反抗他。遇到猶太人格殺勿論，即使是法國人，一旦拒絕，也只有死路一條。而且，希特勒還將不符合自己興趣的、頹廢的藝術品統統付之一炬，踐踏了人民的，不，是人類的藝術財產。被他掠奪的美術品中，也包括了塞尚、莫內、梵谷的作品。

「據說被他掠奪的作品數量高達五萬件至十萬件，戰後，在阿特奧樹的舊鹽洞和新天鵝堡城等地發現了三萬件被他略奪的畫作，但目前還沒有如數找回來。

「這些美術品如今在市場上飆到了天價。因為即使明知道是竊盜品，仍然有人願意出高價收購。

「我們懷疑修密特的新納粹運動的資金來源，就是來自出售這些掠奪和隱匿的美術品。最近我們得到消息，聽說修密特和是藏之間要交易一幅價值一百億日圓的畫作，更證實了我們的看法。如果修密特手上有這幅畫，一定就是以前希特勒從猶太人手上掠奪的財產。」

「是藏明知道自己購買的畫是希特勒搶來的掠奪品，仍然願意出錢收購嗎？」

「當然。」老爸點頭。

「對他來說，一百億根本連**屁**都不算。他收購的畫雖然無法出示給眾人看，但他毫不在乎。收藏畫作和在庭院裡養一尾幾百萬的錦鯉屬於完全不同的層次。」

「鐵仔說，是藏要建造美術館。」

「那是不向任何人公開，只有他一個人欣賞、自我滿足的美術館。」

「真是變態老頭子。」

「對啊，不然你以為他是誰？開花爺爺（註）嗎？」老爸毫不在意地說。

「那個老太婆和那對雙胞胎是誰？」老爸轉頭問米勒。

「那個女人叫漢娜・馬修坦，那對雙胞胎叫漢斯和佛利茲・馬修坦。漢娜是修密特的表妹，曾經是荷曼・戈林帝國元帥的情婦。漢斯和佛利茲是他的侄子。

「三個人都是修密特率領的新納粹運動的熱心信徒。就算漢娜將希特勒和戈林的照片掛在臥室，我也不意外。」米勒回答說。

「那些針劑是哪裡來的？」

「漢娜之前是護士，但成為戈林的情婦後學習了醫學。她曾經在南美當過一陣子醫

註：日本童話故事，有一對善良老夫妻叫開花爺爺奶奶，被惡鄰老夫妻欺侮，開花爺爺多次因禍得福，惡鄰也得到應有的懲罰。

生。」

「南美是納粹戰犯逃亡的最佳落腳點。」老爸點頭表示認同。

「修密特請他信任的漢娜負責運送賣給是藏的畫，漢娜和當時前往巴黎的幸本見面，設計出巧妙的偷渡方法，就是利用嬰兒偷渡。」

「你知道神谷和幸本的關係嗎？」

「不，我也不了解為什麼神谷會突然出現。但神谷出現後，整齣戲就亂成一團了。」米勒表情平靜地說道，然後看著老爸說：「我的目的是將被送到日本的掠奪畫帶回去，歸還給人民，同時切斷新納粹的資金來源。」

「原來是這麼一回事，我終於了解整體情況了。是藏在日本也是大人物，警方也不敢輕易動他。」

「我知道，我個人認為是藏非常危險，但我只要把畫拿回去就完成任務了。」

「那幅畫是誰的作品？」

「是塞尚的畫。」

我也聽過塞尚的名字。他的畫值一百億也沒什麼好驚訝的。

「畫有多大？」

「沒多大，差不多這麼大，捲起來更小。」

米勒的雙手比著五十公分見方的大小。

「好。」老爸點點頭，伸出右手。

「我的目的是摧毀是藏，你要帶回塞尚，我們聯手合作，你看如何？」

「我還不知道你是誰。」

「只是區區私家偵探，但最討厭是藏這種人。我和我兒子無法忍容那些專門欺侮弱小的人。」

米勒注視著老爸。

「好，那我們就合作吧，即使送了命，也不要後悔喔。」

他握住老爸的右手，我也伸出右手。

「阿隆，你也要參加嗎？」

「Of course.」

米勒用力握住我的手。

「之後怎麼和你聯絡？我和我兒子這一陣子無法回家。」老爸問。

「記下我告訴你的號碼，那裡的人會負責帶話給我。」

米勒說了一個電話號碼，我和老爸默記了下來。

「只要對方接到留言，就會在十二小時以內轉達給我。」

「好。」老爸點頭，打開五門車的車門，米勒露齒一笑。

「我希望下次見面時，你和你兒子都不是處於危險的狀況。」

「我無所謂，但我兒子已經受夠了。」老爸回答。

米勒離開後，我和老爸在青山墓地搭上了一輛司機原本正在**打瞌睡**的計程車。

老爸跟司機說了一個千鳥淵的英國大使館地址。

經過英國大使館後，在內堀路上左轉，來到三番町的一棟七層樓建築物前，老爸請計程車停在門口掛著的「歷史博物館」招牌前。

因為已經是深夜，博物館的大門緊閉，老爸繞去後門。這裡戒備森嚴，不像是普通的博物館，後門站了兩個身穿制服的警衛，門上裝著監視攝影機。

「我是冴木。」老爸對警衛說，監視攝影機立刻轉過來照向我和老爸的臉。

警衛的耳朵裡塞了對講機的耳機，他似乎正透過耳機等待放行的許可。我和老爸隔著差不多有一人高的鐵門和兩名警衛面對面。

不一會兒，其中一名警衛走進門旁的崗哨，在裡面操作了一下子，鐵門隨著一陣聒噪打開了。

走進門後，發現裡面還有另一名警衛。

「沿著白線前進，不要去其他地方。」

從大門到**博物館**之間畫了一條白線。

「萬一走去其他地方會怎麼樣？」

「被槍射殺。」

老爸鎮定地說：「真的假的？」

「真的。這棟建築物周圍都是自衛隊中優秀的狙擊兵，你自己看一下，博物館四周都圍著超過兩公尺的鐵柵欄，建築物和鐵柵欄之間根本沒地方藏身。博物館雖然對一般民眾開放，但僅止於一樓和二樓，而且，參觀者不能走去庭院。」

「這裡到底是哪裡？」

我和老爸走到白線終點，來到博物館的後門。門從裡面打開了，令人驚訝的是，迎接我們的是兩個身穿迷彩戰鬥服，揹著槍的士兵。

「搭電梯去三樓辦理入住手續。」

兩名士兵檢查了我和老爸的身體，電梯內只有一樓和三樓的按鈕。

我們來到三樓，那裡像是小型的飯店大廳，除了沙發以外，還有酒吧和餐廳，但都已經打烊了。正前方是櫃檯，有個男人站在那裡。他穿著三件式西裝，左側下方鼓鼓的。

「我叫冴木，是島津介紹我來的。」老爸說道，那個男人拿出鑰匙說：

「沿樓梯走到五樓，五〇二室。」

如果他是飯店的櫃檯人員，說話未免太不客氣了。當然，飯店的櫃檯人員不可能帶槍。

「不用付押金嗎？」

老爸問。那個男人面無表情地回答：「不必，會記在內閣的帳上。」

老爸垂下嘴角說：「你是外務省的人嗎？」

那個男人沒有回答。

「還是警察廳的？」

「快走吧。」男人轉身坐在櫃檯內側。那裡有台電腦，畫面閃著綠色的光。

「走吧。」老爸拿起鑰匙對我說。

以飯店的規格來說，五〇二室是雙人房，附有衛浴室。

和飯店不同的是，窗上都裝了鐵網。

「真受不了。」

老爸倒在兩張並排床上的其中一張。我從窗前回頭看著他。

「這裡是哪裡？該不會是安可的總部吧？」

「安可是西服店的名字吧，這裡是專門提供給可能遭到暗殺的外國人住宿的地方。」

「所以是飯店嗎？」

「雖然黃頁電話簿上沒有登記，但這裡是政府直營的飯店。島津安排我們住來這裡。」

「所以這裡很安全嘍？」

「這裡的窗戶裝了防彈玻璃，工作人員也都是公務員，連打掃房間的清潔人員也是，而且絕對不會透露住宿客的身份。」

「原來是這樣。」說著，我也在另一張床上倒了下來。

「你最好睡一下，島津早上會來，如果不告訴他發生了什麼事，他會將我們趕出去。」

「島津先生會助我們一臂之力嗎？」

「不知道，如果他知道我和外國的單幫客合作，臉色應該會很難看吧。」

「摩薩德是什麼？」

「以色列的情報機構，有一個部門專門獵殺納粹。」

「他們真會記仇。」

「如果中國和韓國也有這種機構的話，日本應該有很多人無法睡得安穩吧？」

「你好像很失望。」

老爸用鼻子哼笑了一下說：「快睡吧。」

他伸手關了燈。

3

老爸沒說錯，島津先生一大早就來了。當枕邊的電話響起時，我張開眼睛，但覺得好像才剛睡下。

轉眼之間，天就亮了。我不需要熬夜讀書，卻不能睡到自然醒，實在太不划算了。我這麼想著起床時，發現老爸早就起床了。他在浴室接完電話後，腰上纏著浴巾走了出來。

「島津已經在下面等我們，下去喝咖啡吧。」

我呻吟了一聲下了床。老爸昨天也幾乎沒睡，沒想到他的體力這麼好。如果他平時就這麼勤快工作，我這個兒子也不必這麼辛苦操勞了。

島津先生在大廳的餐廳等我們，聽老爸說，島津先生昨晚也加班工作，但他的鬍子刮得很乾淨，領帶也打得整整齊齊。充沛的體力似乎是當單幫客的首要條件。

我們在餐廳和島津先生面對面坐了下來，餐廳內沒有其他客人。

只有一個皮膚有點黑，看起來像阿拉伯籍的男人在大廳的沙發上看英文報，臉上有道長約三十公分的刀疤。

「我要吃日式早餐。」

「我也是。」

老爸對走過來的服務生說。服務生的腰上也掛著手槍。

「現在只有火腿蛋和土司。」服務生說。這裡的服務態度真不親切。

「冴木。」島津先生瞪著老爸。

「好吧，那就吃那個吧。」

島津先生面前只有一杯咖啡。

「成田那裡有沒有發現什麼？」

「你說對了，的確發生了一起奇妙的糾紛。有人看到從巴黎起飛的日航班機進入日本後，幾個帶著小孩的外國人被人連同睡籃一起搶走了嬰兒。搶嬰兒的是一個長頭髮的日本人，他坐上停在入境大廳外的車子逃逸。看到的民眾立刻報警，警方火速趕到現場，但那幾個外國人已經搭計程車離開了，顯然不想引起騷動。」

「那幾個外國人的成員是？」

「總共有三個人，一個上了年紀的女人和兩個年輕人，都是白人。女人拿著睡籃，透過出入境管理局調查後發現，那個女人是德國女醫生，叫漢娜·馬修坦。」

「有沒有查到嬰兒的資料？」

「我透過巴黎分局調查了幸本，發現一件有趣的事。幸本資助的一個名叫露木的畫家在巴黎很成功，露木年紀還很輕，和法國一位上流社會的年輕女人墜入情網，還生了孩子。但這年輕女人已經訂婚了，無法公開這件事。於是，幸本就接手了這個孩子。」

「珊瑚就是他的孩子。」

「珊瑚？」

島津先生露出納悶的表情，老爸說：

「這不重要。神谷是什麼時候加入這個案子的？」

「幸本擔心這件事變成醜聞，就僱用了神谷，要求神谷在產科醫院自稱是孩子的父親。」

「那神谷為什麼要綁架那個孩子？」

「他似乎對幸本要求他當代理父親的報酬不滿，他認定即使綁架嬰兒，幸本也不敢報警，所以才在成田綁架了嬰兒，只是我不了解為什麼那幾個德國人會將這個嬰兒帶來日本。」島津先生說。

「這只是幌子。」老爸說。我聽到這裡終於了解了來龍去脈。

「幌子？」

「漢娜．馬修坦夾帶了一幅在戰爭期間被納粹掠奪的塞尚名畫，我猜想那幅畫應該藏在嬰兒的行李中，因為海關不可能將嬰兒脫光檢查。是藏豪三要花一百億購買這幅畫。

「這一百億資金將由新納粹運動組織在東、西德合併之際用於擴大組織。漢娜和那兩個年輕人都是一個名叫修密特的手下，統統都是新納粹運動的成員。

「修密特都是靠販賣戰爭期間納粹隱匿的名畫作為活動資金來源。」

島津先生聽了大驚失色。

「新……納粹……？」

「對，是藏應該是對此了然於心後花了一百億收購。」

「一旦這個消息在國際上曝光，日本定會被強烈抨擊。日本人很遲鈍，但歐美國家至今仍然視納粹為惡魔，避之惟恐不及。」島津先生的表情很嚴肅。

「如果歐美的媒體報導日本的大人物提供資金給納粹，一定會鬧得沸沸揚揚。」老爸說。

「不光是鬧得沸沸揚揚而已，目前進行中的外交交涉也都會泡湯，對日本的壓力會排山倒海而來，到時候就會覺得以前的壓力根本是小意思。」

「沒錯。」

「那個叫漢娜的殺了神谷嗎？」

「應該是，他們隨身帶了一個裝滿毒藥的皮包。」

「神谷知道畫的事嗎？」

「應該不知道。如果知道的話，區區五百萬打發不了他。」

「他媽的，怎麼會這樣？已經查出幸本的死因了，是被特殊的藥物直接注射到心臟。」

「新納粹分子懷疑綁架嬰兒是是藏指使的，所以正獨自採取行動。成員之一的漢斯會說日文，也是他殺了幸本。」

「是藏的手下也是他殺的嗎？」

「另有其人。是在獵殺新納粹組織，一個叫米勒的人幹的，我相信你應該猜得到米勒的身份。」

「獵殺納粹……」島津先生露出沉痛的表情。

「對，在你的眼皮底下有日本右翼分子、新納粹和摩薩德的單幫客這三股勢力陷入混戰，追查塞尚名畫的下落。」

「……」島津先生說不出話。老爸舉起一隻手。

「這不關我的事，如果要懊惱，就該懊惱當年沒有一舉摧毀是藏豪三。」

「畫在哪裡？」

「應該和嬰兒在一起。」

「嬰兒在哪裡？」

「你知道了也沒用。」

「畫……要物歸原主吧？」

「只要交給米勒就解決問題了。」

「不能讓他在日本和納粹分子發生衝突，要將他送回以色列。」

「是藏和漢娜他們呢？」

「會將漢娜驅逐出境，至於是藏——」島津先生說不下去了。

「無法制裁他嗎？我可不能接受這個答案。」

「冴木！」

「我已經和米勒合作了，是藏監禁了神谷的情人，名叫安田五月的女人，不，應該是男人。我必須救出這個人質，你告訴我是藏家裡的地址，他住在世田谷區的松原。」

「你打算闖入他家嗎？」島津先生難以置信地問。

「這是目前唯一想得到的方法。」

「萬一失敗，你就沒命了。」

「到時候，就將塞尚的畫掛在這裡的大廳吧。」

「開什麼玩笑?!」

「這次是藏花了大錢，不可能輕易放棄。因為他已經預付了二十五億。」

「二十五……」島津先生說不下去了。

「這些都是他靠掌握的權利從日本國民身上榨取的錢，這些權利是日本政府給他的。即使是藏的醜聞被公諸於世，日本政府也是自作自受。」

「冴木，拜託你——」

我覺得老爸心眼有點壞。島津先生幫了我們這麼多忙，老爸卻眼睜睜地看著島津先生的臉一陣青，一陣紅，而且還樂在其中。

「總之，我要是藏的地址和電話。」

島津先生嘆了一口氣說：「等我一下。」他起身走向櫃檯，不知道打電話給誰。

「你別作弄島津先生啦。」我說。

「島津是好人，但他效忠的日本這個國家和那些政客都不是好東西，他明知道這一點，卻睜一隻眼，閉一隻眼。」老爸喝著咖啡說道。

「你接下來有什麼打算？」

「將是藏揪出來，然後救安田。」

「他會上鉤嗎？」

「只要將塞尚當作誘餌，不怕他不上鉤。」

島津先生拿著便條紙走了回來。

「這是地址，下面的號碼是他車上的電話。」

「知道自己繳的稅用對了地方，實在太開心了。」老爸說：「謝謝招待。」

說完，老爸站了起來，我也慌忙起身。

「你開車來的嗎？」

「對。」

島津先生點點頭，老爸伸出手。島津先生無奈地從上衣口袋裡拿出車鑰匙。

「你早就有此打算吧？」老爸說。

「真是敗給你了，儀表板下的工具箱裡有額外贈品，但是——」

島津先生抓緊原本作勢要交給老爸的車鑰匙說。

「如果要掐住是藏的喉嚨，千萬不要手軟，否則會為其他人帶來麻煩。」

島津先生那一刻的表情很有威嚴。

「你終於決定做你最拿手的事了，」老爸露齒一笑，「骯髒的工作都交給民間人士處理，你真是日本公務員的楷模。」

島津先生的車子停在博物館後門旁。是深藍色的Cedric。

老爸坐在駕駛座上，發動了引擎。我將副駕駛座的座椅搖了下來。剛才吃得太飽了，睡意再度襲來。

「現在要去哪裡？」

「去赤坂，找那幅畫。」老爸說著，發動了引擎。

「到了再叫我。」我閉上眼睛，但「喜多之家」和博物館之間的距離不足以讓我睡上一覺，轉眼之間就已經到了。

老爸像之前一樣將Cedric停好後，走向了偏屋。

「早安。」圭子媽媽桑正哄著珊瑚在日本庭園內散步。

「康子呢？」

「她回去拿衣服，還說要順便去我那裡幫我和珊瑚拿換洗衣服。」

我和老爸互看了一眼。

「她什麼時候走的？」

「大概一個小時前，吃完早餐就走了，涼介哥，你們吃早餐了嗎？」

「吃了。媽媽桑，珊瑚之前睡的那個睡籃呢？」

老爸探頭向偏屋內張望時問。

「咦？睡籃放在哪裡了……？啊，我想起來了，康子說，剛好可以用來裝衣服，所以拿走了。」

「阿隆，打電話去康子家裡，叫她不要去聖特雷沙公寓，馬上回來這裡。」

「知道了。」我走向偏屋，拿起電話。康子和她老媽住在一起。

「發生什麼事了？」媽媽桑問老爸。她看起來已經很有當媽媽的架勢了。

康子的老媽接了電話，說剛才康子回家後，馬上又出門了。

「她已經走了。」

「那趕快打電話到『麻呂宇』告訴星野先生，康子一到那裡，叫她馬上帶著睡籃回來這裡。」

「知道了。」我撥了「麻呂宇」的電話。

「──你好，這裡是『麻呂宇』咖啡店。」

星野先生接了電話。

「我是隆，康子有沒有去那裡？」

「請等一下。」星野先生的語氣不太對勁，我以眼神向老爸示意。

「喂，你是冴木隆嗎？」

電話中傳來的並非星野先生的聲音，一聽到這個聲音，我的背脊頓時飆出冷汗。是那個美型男的聲音。是那個整天陪在是藏老頭子身旁，在我搭乘旋轉衝雲霄的雲霄飛車期間，耳機裡一直聽到的美型男的聲音。

「老爸！」我用手捂住電話口叫著老爸，「是藏的手下在『麻呂宇』！」

「你們在那裡幹什麼!?」我對著電話大叫。

「目前這家咖啡店已經被我們包下了，在你們過來之前，會持續這種狀態……」

老爸從我手上搶過電話說：「是藏在那裡嗎？」

「怎麼可能？會長很忙，我奉會長之命來這裡。」

我緊貼在電話的另一側，聽到美型男在電話中這麼說。

「將電話交給星野先生聽一下。」

「——喂，我是星野。」

「星野先生，你還好嗎？有沒有受傷？」

「目前還沒有問題。」

「現在店裡有幾個人？不包括你在內。」

「呃，五杯咖啡嗎？」星野先生很巧妙地回答。

「除了你以外，其他人都是和剛才接電話的人一夥的嗎？」

「不，有一杯是不同牌子的——」

「該不會是康子吧？」

「正是。」

我和老爸互看了一眼。情況糟透了。

美型男從星野先生手上搶過電話。

「雖然不用我提醒，但我還是說一聲，不許報警。我們不想將無關的人捲進來，所以你們趕快將嬰兒帶來這裡。」說完，他就掛了電話。

「老爸，怎麼辦？」

「他們是玩真的。」老爸皺著眉頭說。都是我的錯。

是我告訴他們聖特雷沙公寓的。老爸似乎看透了我的心思。

「阿隆，不是你的錯，他們早晚會找上門來。」

「但是，是我——」

「現在沒時間討論這些，要趕快去營救星野先生和康子。」

「你們要怎麼做？」

媽媽桑從我們的談話中察覺了情況有異。

「聽星野先生的意思，目前有四個人闖入『麻呂宇』，應該都帶著武器，也根本不怕警察。」

我咬著嘴唇。那些人都是是藏的傭兵。

「你有什麼作戰計畫？」

「邊做邊想吧。阿隆，出發了。」老爸說完，轉頭看向媽媽桑說：「別擔心，我一定會把他們救出來的。」

「涼介哥……」

老爸走出偏屋後，走向Cedric。

真能救出他們嗎？我跟在老爸的身後坐上Cedric時想著。

媽媽桑一臉擔心地抱著珊瑚，站在偏屋的簷廊上目送我們。

老爸用島津先生給他的鑰匙打開儀表板下的工具箱。

裡面有一把小型自動手槍。

「島津把這個交給我的言下之意，就是不要奢望他會來支援。」

老爸說著，關上了工具箱的蓋子。

「一把槍就可以打贏他們嗎？」

老爸發動車子時我問他。

「光靠槍還不行。」

「你準備炸彈了嗎？」

老爸看著我說：「這要等晚一點去是藏的家裡時才用。」

老爸的表情很嚴肅。

4

我和老爸在中途先去玩具店、電器材料行和舶來品店買了幾樣東西後，才驅車趕往廣尾。

我們在玩具店買了真人尺寸的喝牛奶娃娃，老爸還貼心地準備了裝娃娃的睡籃。接著，又去電器材料行買電池、電線和一些零零星星的東西。我在老爸的指示下，將這些東西全塞進娃娃的肚子。雖然不知道老爸的作戰方案行不行得通，但我只能乖乖聽命行事。

我將經過加工的喝牛奶娃娃放進睡籃，放在Cedric的車座，再蓋上舶來品店買的毛巾被。如果只是在車外張望，應該不知道裡面睡的是假娃娃。

老爸將車交給我開，自己將工具箱裡的手槍用膠帶固定在右腳的腳踝上。

美型男說的沒錯，「麻呂宇」入口的門上掛著「CLOSE」的牌子。

我按老爸的吩咐，將車停在離「麻呂宇」一小段距離的地方。

「麻呂宇」正前方有輛貼著金屬貼紙的廂型車擋住了窗戶，從外面無法看到店裡的情況。

老爸下車，率先走向店門的方向。他繞過廂型車，站在「麻呂宇」門前。

星野先生站在吧檯內，康子和美型男坐在吧檯外。三個男人坐在包廂席內，看到其中一個人的身影後，我忍不住倒抽一口冷氣。那個人將拐杖放在桌上，上了石膏的右腿伸了出來。

是萬力。

星野先生看到我們，按下了吧檯內側的開關，「麻呂宇」的自動門打開了。

除了萬力以外，另外兩個人應該是曾在「日本防災聯盟總部」看過的穿著戰鬥服的男人。

美型男轉動吧檯椅，從康子身後看著我們。他穿著上次看過時穿著的白色立領衣，露出惹人厭的笑容。

萬力挪開桌子站起身，桌腳發出刺耳的聲音。

「老爸，就是那傢伙將警察撂倒的。」我小聲向老爸咬耳朵。

「原來如此，一看他的體型就知道他腦袋不靈光。」

老爸點點頭，完全不感到驚訝。

萬力也聽到了老爸的話，他瞪大眼睛，拄著拐杖走了過來。

「萬力，別亂來。」

美型男一派悠然地說。

「阿隆……，涼介老爸……」

康子神色緊張地叫著我們。我很慶幸康子已經**引退**了，如果是在引退之前，康子身上隨時都會帶著匕首或是刀子。

一旦康子亮出刀子，就絕對不可能毫髮無傷，全身而退。

「讓妳久等了。」

我故意向康子擠眉弄眼。珊瑚的睡籃就放在康子坐著的吧檯椅下方。

「辛苦了，還讓你們特地跑一趟。」

美型男站起來，雙手反背在身後走過來。他渾身充滿自信。

「彼此彼此，我兒子承蒙你照顧了，人妖寶貝。」

老爸賊賊地笑著，美型男的表情僵住了。

「是藏老頭向來喜歡嫩屁股，他也每天晚上都舔你的屁股嗎？」

老爸若無其事地問，美型男漲紅了臉。

「你似乎不太了解自己身處的狀況。」他頭也不回地舉起右手。

身穿制服的男人猛然舉起藏在桌下的手，兩把散彈槍架在桌子上。

老爸嘆著氣說：「你們做事真不夠漂亮，難怪新納粹那些傢伙不信任你們。」

美型男聽了猛然倒吸了一口氣，說：「看來你知道的還不少嘛。」

「是嗎？我只是翻了一下八卦雜誌而已，都是本週的頭條新聞，標題是『是藏豪三向新納粹提供的百億日圓資金』——」

美型男目瞪口呆，他的表情好像在說「不會吧？」

「當然是騙你的，我只是在調侃你。」老爸賊賊地笑著。

「萬力！」美型男命令道。萬力大搖大擺地走過來，從老爸身後抓住他的肩膀，往後一拉，右手鎖住老爸的喉嚨。老爸被他舉到半空中。

老爸的臉立刻漲得通紅，兩隻腳痛苦地在空中亂踢。

「涼介老爸！」康子大叫一聲。我向前跨出一步，散彈槍的槍口立刻對準了我。

美型男冷漠地看著痛苦不已的老爸。

康子跳下吧檯椅。

脖子。

老爸張大眼睛，我還來不及阻止，康子已經拿起桌上的花瓶，敲向萬力的肩膀。花瓶碎了，但沒想到萬力毫髮無傷，反而奸笑了起來。他左手一伸，夾住了康子的脖子。

「呃，住、住手！」

他不顧康子的大叫，把她側抱了起來。

「夠了！」美型男拍了拍手。

萬力將老爸和康子丟在地上，兩個人都忍不住哀嚎。老爸更是雙手撐在地上用力咳嗽。

美型男對我露出微笑，說：「你也看到了，你們父子太像了，雖然都很會耍嘴皮子，但贏不了我們，只會讓自己痛苦。雖然你上次幸運獲救了，但你該不會忘記自己在雲霄飛車哭著乞憐的事吧？」

我咬緊牙關。

美型男轉過頭。「萬力，讓他站起來。」

萬力抓著老爸的肩膀，將老爸從地上拎了起來。

「你會乖乖交出嬰兒吧？」

老爸用力咳嗽著問：「你們以為嬰兒將寶物吞下肚了嗎？」

「搞不好喔……」美型男說。我從內心深處湧起滿腔怒火。只要是藏一聲令下，這些傢伙會毫不猶豫地割開嬰兒的肚子。

「先放了他們兩個。」老爸摸著喉嚨，用眼神指著康子和星野先生。

「你還要和我們談條件嗎？」美型男似乎很受不了老爸，打了一個響指。其中一名士兵站了起來，將散彈槍瞄準星野先生。

星野先生忍不住往後退。

「斃了他！」美型男命令道。

「我答應，我會照你們的意思做！」老爸叫了起來。

「我們輸了。阿隆，把嬰兒帶進來。」

美型男點點頭，說：「這就對了，早就該乖乖聽話了。」

我向老爸點點頭，走出「麻呂宇」，跑向Cedric。

店裡有兩把散彈槍和兩名人質，在這種情況下，當然不能輕舉妄動。萬一被發現我們用娃娃假冒嬰兒，絕對會出人命。

我從Cedric的後車座提起喝牛奶娃娃的睡籃，將毛巾被也一起拿了出來。

我小心翼翼地走向店裡，好像手上拿的是真的嬰兒。

美型男一臉得意地等在那裡。

我走進「麻呂宇」，美型男向我走過來。

「老爸，我不想交給他。」

「阿隆，算了。」

康子不知道我們在演戲，她雙眼噙著淚水低聲罵了一句：「畜牲！」

「給我吧。」美型男伸出雙手。

「交給他吧。」老爸痛苦地站了起來，從我手上接過喝牛奶娃娃的睡籃。然後，交給美型男。

美型男接過去後，臉上露出微笑，但隨即一臉訝異。

老爸猛然掀開毛巾被。

沒有穿衣服的喝牛奶娃娃的側腹露出了燈泡和撥動開關。老爸用手指啪地一聲，打開了開關，燈泡亮了起來，閃爍著黃色燈光。

「這是在搞什麼鬼!?」美型男臉色大變，想將娃娃拿起來。

「喔喔！」老爸大叫一聲：「一旦拿起來，你就會被炸飛掉。你聽過C4塑膠炸藥嗎？」

「你說什麼！」

「外表看起來和黏土沒什麼兩樣，可以隨便揉，或是做成不同的形狀。即使用打火機點火，也只會滋滋滋地燒起來而已，不過，一旦用電雷管點火……」

美型男臉色慘白地雙手捧著喝牛奶娃娃的睡籃。

老爸搖搖頭，說：「絕對不能撞擊，也不要試圖放下來。如果你想甩開，你的上半身也會跟著不見。」

美型男瞪大眼睛看著娃娃，他的眼珠子都快掉出來了。

「你、你騙人。」

「要不要試試看？我放的C4量不多，運氣好的話，說不定只炸掉兩隻手而已。」

美型男用力吞了一口口水，額頭上冒起汗珠。

「你、你這個王八蛋，敢做這種事——」

「很好，如果你把我幹掉，就永遠不知道怎麼關掉開關。命令你手下放下槍！」

「呃、呃呃……」

「還是要撐到你的雙手發麻再說？」

萬力吼叫著走向老爸。

「萬力，別亂來。」美型男慘叫著阻止他。老爸得意地一笑。

「這就對了，最好不要惹惱我，我相信你應該從是藏那裡聽說過我有多麼討厭。」

「你、你！」美型男咬牙切齒。

「他應該命令你，一旦拿到嬰兒，就送我上西天。怎麼樣？我沒說錯吧？」

美型男滿頭大汗。老爸似乎猜對了。老爸拉了張椅子坐下來。

「我既然**早就料到了**，你認為我會空著手來嗎？」

美型男閉上眼睛，用鼻子重重地呼著氣，說：「好，我輸了。」

「叫他們把槍放下。」

「把槍放下。」美型男命令道，士兵將散彈槍放了下來。

「好，現在叫他們離開桌子，到門口集合。」

「就照他說的去做。」

兩名士兵走到「麻呂宇」入口附近站著。

「阿隆。」

「是。」我用雙手舉起散彈槍。

「你去轉告是藏老頭，畫在我手上，如果想要的話，拿安田五月來交換。如果安田五月死了，或是受了傷，我就把畫燒了。」

「知、知道了。」

我拿著散彈槍，走到老爸坐著的桌旁。老爸翹著二郎腿，右腿翹在左腿上。

「那就讓你這樣回是藏那裡吧？」

「冴木！」

「開開玩笑嘛，那只是玩具而已，無論怎麼動，都不會爆炸。」

「你說什麼！」

美型男將娃娃丟了出去，娃娃掉在地上時，乾電池滾了出來。

「王八蛋！萬力上！」萬力狂吼一聲，撲向老爸。說時遲，那時快，老爸從右腳腳踝抽出手槍，只聽到輕輕一聲「砰」的槍響。

萬力慘叫一聲，丟開拐杖倒在地上，抱著原本沒有受傷的左腿。他痛得在地上打滾。

「雖然不會送命，但好像打中了他的痛處。」老爸在一旁說風涼話。

美型男看著萬力，說不出話，拚命喘著氣。

「那就請回吧，記得轉告我的話。」

「你、你會後悔的。」美型男氣得嘴唇發抖。

「是嗎？我倒認為是你們會後悔。」

「走！」美型男命令道。兩名士兵從兩側架著抱腿呻吟的萬力。

老爸將槍口對準美型男的胸口。

那四個人走出「麻呂宇」，坐上廂型車時，美型男懊惱地瞥了我們一眼，狼狽離去。

在廂型車消失無蹤前，沒有人開口說話。

直到廂型車消失後，康子才終於大叫著：

「他媽的……可把我急壞了。」她一屁股坐在地上。

「我也有同感，我還以為人生會在今天畫上句點。」星野先生說。

「給你添麻煩了。」老爸向星野先生道歉，然後轉頭看著我問：「有沒有覺得一洩心頭之恨？」

「一半而已。」

老爸點點頭說：「另一半留著，發洩在是藏身上。」

「了解。」我回答後，走向康子放在地上的睡籃，拿起來放在吧檯上。

然後，我拿下蓋在上面的外罩。

「你幹什麼！」康子慌忙站了起來。籃子裡除了嬰兒衣物，還有很誘人的內衣褲。

「喔喔。」

「變態！你想幹嘛？」

「我看看，我看看。」老爸探頭張望著，康子推開老爸的頭。

「康子，沒想到妳年紀這麼小，作風卻這麼大膽。」

聽到老爸這句話，康子的臉漲得通紅。

「你們真無聊，這是圭子媽媽桑的。」

「是嗎？那就好。我身為監護人，看到你剛從大姊頭引退，就走妖嬈路線，內心真是五味雜陳啊。」

「你在想什麼啊！」

「不過，妳穿應該也很好看。」我說。康子狠狠瞪著我。

「你害我差一點送命，還有心情說這種話？」

「先別說廢話了，讓我看一下籃子。」老爸邊說邊將康子放在裡面的換洗衣服統統拿了出來。

籃子裡只剩下底部鋪著的毛巾被。

老爸瞥了我一眼，拿起毛巾被。

「找到了！」我叫了起來。

用好幾層塑膠紙包起的油畫畫布背面朝上地放在睡籃底。

「這是什麼？」老爸小心翼翼地拿起油畫時，康子問。

「一百億圓。」

「什麼？一百億？」康子驚叫起來。

「珊瑚躺在一百億上。」

老爸緩緩拿起塑膠包裝。

那是一幅描繪七、八個裸女在蘆葦叢生的水邊沐浴景象的油畫，色彩感覺一坨一坨地很厚實。

「——這是塞尚的畫吧。」星野先生緩緩倒吸了一口氣。

「太厲害了。」老爸驚訝地說。

「原來大家都在找這幅畫……」康子茫然地說。

「沒錯。這是第二次世界大戰時，納粹的士兵從猶太人手上搶走的。」

「原本的主人呢？」

「應該已經死了吧？」老爸說完，再度將畫包了起來。

「終於拿到了可以讓是藏上鉤的材料。」

恐怖的交換會

打工偵探拷問遊樂園

1

赤坂的高級日本餐廳街白天和夜晚的感覺迥然不同。

這一帶在白天的時候很安靜，也鮮少有行人經過。夜幕降臨時，街上出現一整排黑頭車，接客的、送客的，以及身穿和服的藝妓都忙碌地在街上穿梭。

接二連三走下黑頭車的都是一些身穿價值不菲的西裝，自以為了不起的男人。有的胖，有的瘦，有的高，有的矮，但是都擺出一副「喔，真忙，我實在太忙了」的表情走進高級日本餐廳。

我和老爸坐在「喜多之家」正門前的Cedric車上看著這些人。

「這些人不知道都是靠什麼賺錢的。」

「他們都是政客、官員，做不動產、開錢莊、黑道、代理商，還有其他各式各樣的行業，每個人都一臉奸詐、厚顏無恥。」老爸抽著他的Pall Mall菸回答道。

「剛才進去的那個人帶著保鑣。」

「那些政客暗中向企業高層勒索的時候，警官要負責保護他們的安全。等他們一談妥，就有一大票美女等著他們。」

「你說的美女是指那些塗得死白的妖怪？」

「其中也有年輕可愛的。這些女人妙不可言，很懂得取悅男人，但可要花不少錢──」

「你都快流口水了。」

「在當今的日本，這些老頭被稱為『成功人士』。」老爸不以為然地說。

「島津先生也聽這些人的指揮嗎？」

「說到底，就是這樣。這些人中有不少人控制了當今的日本。」

「真討厭。」

「但不能小看他們。他們在爬到今天的地位之前，曾經陷害、排擠掉無數競爭對手，同時，還要小心不落入他人的陷阱。這些人的腦袋都很靈光，好像每天都在玩抽鬼牌。為了讓自己絕對不抽到鬼牌，不能絲毫鬆懈。」

「累死人了。」

「這種生活方式讓人懷疑到底是不是人過的日子，但在他們眼中，那些追求人性的人才是失敗者。」

「真傷腦筋啊。」我嘆了一口氣。這時，一輛黃色的五門車沿著兩側都是黑頭車的坡道駛近。

「他來了。」老爸閃著Cedric的車頭燈。

我們撥打了米勒留給我們的電話，將他找來這裡，等一下我們要在「喜多之家」的偏屋召開「作戰會議」。

所以，我們特地等在這裡，免得米勒在餐廳外形都大同小異的餐廳街迷路。

米勒將車停在「喜多之家」的停車區，老爸的Cedric則停在他後面。

米勒走下車。他身穿襯衫和薄質開襟衫，搭配燈芯絨長褲，沒有打領帶。他戴著圓形眼鏡，不知道是本來就戴眼鏡，還是為了變裝。

「這條街真奇妙，這些建築物到底是什麼？」

「算是一種會員制的餐廳，只有包廂，最適合談一些見不得人的事。」

米勒一臉納悶地問，老爸這麼向他解釋。

「這裡的客人都是什麼人？像黑手黨之類的幫派嗎？這裡的餐廳真多啊。」

「都是一些政客、官員和大企業的高層。」

「不都是一些值得尊敬的人嗎？」

「表面上而已。」米勒聞言，猛然向老爸投以銳利的眼神。

「你是共產主義者嗎？」

「不，只是太了解這個國家內情的快樂主義者。」老爸說完，指了指偏屋說：「嬰兒和你要的畫就在那裡。」

米勒瞪大眼睛問：「真的嗎？」

「沒錯。」

圭子媽媽桑、康子和康子抱著的珊瑚都在偏屋。

老爸介紹米勒給媽媽桑和康子。米勒從康子手上接過珊瑚。

「這個嬰兒真可愛，如果我有妻兒，她應該和我孫女的年紀差不多。」

珊瑚完全不怕生地看著藍眼睛的單幫客。米勒的臉貼著珊瑚的臉，對她露出微笑。這是我第一次看到米勒親切的笑容。

「你沒有家人嗎？」

米勒說了聲「Thank you」，將珊瑚交還給康子時，老爸問他。

「沒有。之前曾經和一個女人訂過婚，但她死了。那已經是三十年前的事了——」

「是嗎？在那之後，你就專心投入工作嗎？」

「對。獵殺納粹是我的終身志業。」

「你跑遍世界各地嗎？」

「除了一小部分共產國家以外，幾乎都跑遍了。」

米勒點點頭，我問：「你幾歲了？」

「馬上就六十歲了。我從我哥哥手上繼承了這項任務。」

我看著老爸，老爸一臉沉痛的表情。

「我六十年的人生有一大半不是在祖國以色列，而是在各個國家各個城市的飯店度過的。」

他將一生都奉獻在獵殺納粹上。我無法忍受這種孤獨的生活方式。

「但我差不多要退休了。我帶塞尚的畫回去後，就要好好享受悠閒的務農生活。」

米勒說著，喝著媽媽桑為他倒的茶。他似乎很習慣日式房子，輕鬆地盤腿而坐。

「你將那幅畫帶回去後有什麼打算？」

「現在要查出畫的原主恐怕很困難，但還是會進行調查，如果最終查不出來，會捐給位在法國的以色列美術館。」

「你會因此得到多少報酬？」

米勒搖搖頭說：「我除了祖國定期支付的薪水以外，沒有任何報酬。」

老爸和我互看了一眼。

「你對自己的工作感到自豪吧？」

「我年紀太大了，已經不值得為金錢拚命。只是在隨時可能送命的生活中，在斷氣的那一刻，我不希望自己有所遺憾。」米勒靜靜地說道。

「你相信自己做的事是正義嗎？」

「人類無法決定正義為何，我在執行任務時，有時候會殺人，你不覺得為正義而殺人這句話充滿矛盾嗎？

「我認為重要的是能不能對自己的行為沒有任何懷疑，有沒有愛國心，能不能為民族而戰的自己感到自豪。一旦產生了懷疑，即使再小的行動也無法完成；如果沒有絲毫的疑惑，無論會造成怎樣的結果，都會付諸行動。至於是不是正義的行為，必須由上帝做出判斷，這不是我們凡夫俗子所能決定的。」

老爸低聲說：「我無法相信那些把正義掛在嘴邊，卻動手殺人的傢伙，也不相信所謂的愛國心，對我來說，最重要的是能不能原諒自己。」

「我和你的立場似乎有很大的差異。」

「在戰爭中死亡的士兵都因為愛國心這個字眼，而正當化了他們的死亡。無論打勝仗或是打敗仗，雙方都有愛國心，愛國心沒有對錯之分。我認為，這個世界上並沒有對的戰爭，愛國心這個字眼卻往往將戰爭正當化了。」

米勒緩緩吐著氣，老爸繼續說了下去：「我以前是你的同行，但當我感到厭倦時，我立刻洗手不幹了，我相信你能夠了解其中的理由。因為我不想為自己無法認同的事賭上性命。我現在仍然和當時的伙伴有交情，我不認為他們搏命投入的事很荒唐或是沒有意義，所以，對於那些踩在他們身上作威作福，整天只想著中飽私囊的政客，我決定毫不留情地摧毀他們。」

「我了解你想說的話，你不希望這次的事件被人用任何方式在政治上加以利用。」

「你是專家，應該有能力避免這樣的結果。」

「沒問題，我會設法不讓是藏向新納粹提供資金這件事公諸於世。」

我終於搞清楚他們在討論什麼了。老爸是在拜託米勒設法能在事情公開之後，也不會有人追究島津先生的責任。

當國際輿論追究日本政府的責任，政治人物必須扛下責任時，也會影響到島津先生。老爸根本不在意幾個大臣下台，卻不想讓真心為國家著想的島津先生處境為難。

老爸點點頭。「是藏就交給我來處理吧。」

「馬修坦一家怎麼辦？」

「我無所謂。」

「那就交給我吧。」

「沒問題，那送你一個禮物。」老爸說完，挪了挪身體，將剛才盤腿坐在上面的坐墊拉開，下面出現了塞尚的畫。

米勒猛地倒吸了一口氣。「就是它。」

「放在嬰兒的睡籃裡，漢娜讓嬰兒睡在畫上，巧妙地從海關的眼皮底下將畫帶進日本。」

然後，老爸告訴米勒，嬰兒的父親是巴黎的畫家露木，身為代理父親的神谷為了勒索綁架了嬰兒。

「在成田機場發生糾紛時，漢娜用藏在戒指裡的毒針刮了神谷。神谷搶走嬰兒回到飯店後，打電話給幸本。我們受幸本僱用，向神谷交付贖金時，神谷毒性發作，一命嗚呼了。」

「漢娜他們以為神谷是受幸本或是藏指使搶走嬰兒。」

「對，是藏從幸本那裡得知神谷搶走嬰兒後，立刻綁架了神谷的情人，試圖用他來交換畫。阿隆只是不幸被捲入其中。」

「漢娜和是藏彼此有聯絡嗎？」

「不知道。即使有聯絡，他們之間也不可能有你我之間的信賴關係。」

米勒點頭表示同意。

「你知道漢娜他們住在哪裡嗎？」老爸問。

「他們住在一個在日本做生意的德國實業家凱斯勒提供的公寓內，凱斯勒是修密特的朋友，也是新納粹的成員。」

「地點在哪裡？」

「我車上有地圖。」米勒說完，站了起來。

目送米勒起身去庭院，走向車子時，我問老爸：

「要怎麼摧毀是藏？」

「讓他和新納粹內訌怎麼樣？他們雙方都因搶奪塞尚殺紅了眼，搞不好會成功。」

「然後呢？」

「我們或米勒再摧毀鬥贏的一方。」

米勒拿著地圖回到偏房的包廂。

「他們住的公寓在哪裡？」

老爸和我俯身看著米勒攤開的地圖。

公寓位在五反田車站附近。

「在找回塞尚之前，漢娜不可能回德國。一旦執行任務失敗，修密特會制裁她。」

米勒說。

「他們應該很想抓我和我兒子，是藏的手下也一樣。」

「他們都以為這幅塞尚的畫在你手上。」

「對。我要利用這一點，讓他們雙方狗咬狗。」

「要怎麼做？」

老爸閉上眼睛想了一下。然後，張開眼睛說：「我需要你的協助。」

「沒問題。告訴我要怎麼做。」

老爸露齒一笑說：「綁架。」

米勒離開後，老爸撥打了島津先生跟他說的是藏的汽車電話。打了好幾次都沒有接通，將近半夜時才終於打通。

「喂。」電話中傳來美型男的聲音。

「哈囉，抱假娃娃的感覺如何？」老爸一開口就用英語問。

「冴木！」美型男的聲音馬上高了八度，「你怎麼知道這個號碼？」

「黃頁電話簿上有登記啊，你將我的話轉達給老頭了嗎？」

「轉達了，會長現在剛好在這裡。」

「可不可以叫他聽一下？」

「你等一下。」

不一會兒，傳來是藏低沉的聲音。

「冴木涼介，你還是老樣子，老做一些下三濫的事。」

「我要將這句話原封不動地送還給你，雖然你自認為是大人物，但根本就是下三濫的祖師爺。」

「敢對我說這種話的人沒有一個活得久。」

「我無所謂，我才不想苟延殘喘，成為禍害社會的老不死。安田五月還好嗎？」

「你沒有資格說我。」

「我對你的心肝寶貝說的話不是威脅，如果安田五月有什麼三長兩短，我就會將那幅古畫付之一炬。」

「你有什麼證據證明它在你手上？」

「那幾個戲水的女人營養都很好，以現在的美女標準來說，每一個都太胖了。」

「……」是藏沒有答腔。過了一會兒才說：

「好吧，對我來說，只要能拿到那幅畫，那種人根本沒用處。」

「雖然我很想馬上和你交換，但很不巧，還有人想要這幅畫。」

「怎麼回事？」

「別裝糊塗，就是從德國來的老太婆，和你的手下一樣找上門來，簡直煩死人了。」

「現在這些麻煩都是他們的疏失惹出來的，我不必為他們擦屁股。」

「原來如此，只要畫到手，你也不用付尾款了。」

「他們是自作自受，剛好可以讓他們了解，他們深信的日耳曼民族到底是不是真的優秀。」

「即使因此招致他們的怨恨也無所謂嗎？」

「如果他們敢告上法庭，我也有方法對付。這幅畫本來就沒有公開存在過。」

「你的算盤打得真精，只進不出啊。」

「你說話真沒禮貌，我已經付了二十五億了。」

「算了，先不管這些事。你知道有以色列的單幫客在追那幾個德國人嗎？」

「就是那個殺了我手下的外國人吧？」

「是啊，他也在追我們父子，所以我們根本無法自由行動。」

「你說出你人在哪裡，我馬上派人去。」

「很好，明天中午，派你的心肝寶貝去『麻呂宇』，但不可以帶那個大笨熊一起來。到時候由他和我兒子討論交換的方法和地點，也要帶安田五月還活得好好的證據。如果不遵守約定，我就將畫燒掉。」

「我知道了，和輝也因為前幾天的失敗在反省，我派他一個人去。」

「我和你不一樣，不會扣押人質，對男人的屁股也沒興趣，所以放心吧。」

「你會為你的賤嘴付出代價的。」是藏掛上電話。

「那個美型男會說英語嗎？」老爸放下電話時，我問他。

「應該會說，他是是藏的祕書，除了屁股，也需要用到他的腦袋。」

「那個老太婆那裡呢？」

「我會搞定。老太婆應該在懷疑是藏，也知道我們和是藏不是一夥的，所以，我會好好擺他們一道。」

「接下來就要看米勒的演技了。」

「你的戲份也很吃重。」

我聳了聳肩。

「這個角色的戲份好像不怎麼好玩。」

2

翌日中午之前，我和老爸一起前往廣尾。

和美型男在廣尾見面之前，我們偵察了聖特雷沙公寓附近的情況，是藏的手下和新納粹的人似乎沒有派人監視那裡。

確認無人監視後，我走進「麻呂宇」，向星野先生說明情況，請他延遲開店時間。老爸等我搞定後，發動了Cedric，前往新納粹位在五反田的巢穴。

我坐在吧檯，喝著星野先生泡的咖啡默默等待著。

不一會兒，一輛美國禮車在「麻呂宇」旁停了下來，美型男獨自走下後車座。他走進「麻呂宇」，司機留在車上。

「你很準時嘛。」我說。「麻呂宇」的掛鐘指向正午十二點整。

「少耍嘴皮子了，你開條件吧。」美型男站在入口處說。

「先喝杯咖啡吧？你們上次給這家店添了不少麻煩，付點咖啡錢也不為過吧？」

美型男臉頰抽搐了一下，「那給我一杯維也納咖啡。你別想設計我，司機在車上等著，如果有什麼意外，會立刻打電話通知會長。」

「我知道。」說完，我指了指窗邊的桌子。

「我們坐在那裡邊喝咖啡邊聊吧。坐在那裡，你家的司機也可以看得很清楚。」

「可以啊。」

我和美型男面對面坐在桌前。

「證明五月還活得好好的證據呢？」

美型男從白色立領衣服裡拿出錄音帶和拍立得照片。

照片上的五月拿著今天的報紙。臉上有好幾處瘀青，沒有化妝的五月已經恢復了男人的樣子，身上穿著尺寸不合的戰鬥服。

我將錄音帶放在「麻呂宇」放背景音樂的錄音機裡。

「冴、冴木……我是安田。我目前很好，但希望可以趕快獲得自由。請你把晴夫手上的那幅畫交給這些人……」

「就是這麼一回事。」美型男冷冷地說。星野先生送上維也納咖啡時，他從立領衣裡拿出皮夾，將一萬圓紙鈔放在桌上。

「不用找了。」

星野先生挑起眉毛看著我。

我聳了聳肩。星野先生沒有收錢，走回吧檯。

「交換方法呢？」

「你和是藏豪三兩個人去飯店大廳，把安田五月帶來。」

「你們要勞師動眾，請會長出面嗎？」

「如果他對塞尚不感興趣的話，當然就另當別論了……」

美型男拉了拉衣服，說：「哪一家飯店？」

「神谷之前住的赤坂Ｋ飯店怎麼樣？」

「日期和時間呢？」

我張開嘴正想說話。這時，吧檯的方向傳來「咚登、康啷」的聲音。

我和美型男同時轉過頭，看到星野先生倒在吧檯內，米勒站在那裡，手上拿著槍。吧檯後方的「麻呂宇」後門敞開著。

「怎麼回事!?」美型男問。

「不要吵！」米勒用英語說著，跨過倒在地上的星野先生。槍口瞄準我和美型男中間。

「你是誰？」美型男立刻用英文問。

「我來自以色列，要拿回塞尚的畫。」

「摩薩德的單幫客嗎？」美型男目瞪口呆，他想起米勒之前打死他手下的事。

「你！」米勒用槍口對準我說：「過來這裡。」

「**你在說什麼？**」

「**高中生應該聽得懂這種程度的英文，他叫你去他那裡！**」

「**我嗎？**」

「**對啦。**」美型男不耐煩地說。

「**為什麼？**」

「這個少年問你為什麼。」美型男問米勒的話音剛落，米勒手上裝了消音器的槍立刻開了火，打中了美型男面前的維也納咖啡的咖啡杯。美型男臉色大變地站起來。

在外面待命的禮車司機走下車，站在「麻呂宇」的窗戶旁。美型男用手勢制止了司機後問米勒：

「你有什麼目的？」

「塞尚在這個少年的父親手上。」

「你打算帶走嗎？」米勒看著美型男。

「你是是藏的手下吧？」

「沒錯。」

「我在川崎那個還未完工的遊樂園看過你。」

美型男默默注視著米勒。

「過來！」米勒對我說。我緩緩站了起來，走向米勒。米勒用左腕勒住我脖子，槍頂著我的後腦勺。

「我正在和這個少年做交易。」美型男慌忙說。

「**這傢伙到底打算幹嘛！**」我用日語大叫。

「閉嘴！」米勒說，我閉上了嘴。

「你轉告少年的父親，用畫來交換他兒子。」

「你以為我會照你說的做嗎？」美型男大叫。

米勒說：「即使我將塞尚帶回以色列，最多只能拿到勳章而已。我記得你們原本打算用一百億圓買那幅畫。」

美型男露出驚訝之色，說：「你怎麼……？」

「我一直在監視修密特那票人，我將近六十年的人生都在獵殺這些人。」

美型男倒吸了一口氣，米勒繼續說道：

「我至今仍然對納粹恨之入骨，但我差不多要退休了，餘生想要享受優雅的生活。」

「什麼意思？」美型男縮起下巴，盯著米勒和我看，眼中露出狡猾的眼神。

「如果我從這個少年父親的手上拿到畫，你們願意花錢買嗎？」

「多少錢？」

「我不會要求一百億，一百萬美金就夠了。」

「應該不是圈套吧？」

「我正打算背叛祖國，光衝著這一點，一百億美元都嫌少，但我只想在巴哈馬或是法屬新喀里多尼亞靜靜地度過餘生。」

美型男瞇起眼睛。

「要一手交錢，一手交畫。」

「沒問題。少年的父親由我負責交涉，我之前曾經救過他一命，他父親應該不會拒絕。」

「他在說什麼？」我問。米勒立刻用手槍的槍托擊中我的後腦勺。

「不是叫你閉嘴嗎！」我呻吟起來。真的好痛。

「等你拿到畫，就和你做交易。」美型男說。

「好，告訴我聯絡的方式。」

「你打這個電話，〇三〇……」美型男告訴他汽車電話的號碼。

米勒聽完後，點點頭說：「好，等我的消息。」說完，就拖著我往後退。

「麻呂宇」的門打開了，美型男的司機衝了進來，他的右手插在上衣內側。

「和輝老大，你沒事吧⁉」

米勒猛地把槍口對準了司機。

「等一下，」美型男用日語大叫，**「別亂來，這和我們沒有關係。」**

「啊？」

司機滿臉錯愕地看著美型男，美型男嘴角浮現惹人討厭的笑容。

「先生，祝你成功囉。」

米勒冷冷地點頭，拖著我走出「麻呂宇」的後門，坐上了停在那裡的五門車。

車子遠離廣尾，來到安全的地方後，米勒停下車，看著坐在副駕駛座上的我問：

「Are you OK？」

「OK. OK.」我嘴上這麼回答，但其實真的很痛。

「你也這麼用力打星野先生嗎？」

「星野？」

「喔，那個酒保。」

「不，他是好演員。」

「太好了。」我點點頭，打開五門車的車門。米勒用眼神問我要去哪裡，我指了指公用電話。

我用公用電話打電話到「麻呂宇」。

「這裡是『麻呂宇』咖啡店。」好演員接了電話。

「我是隆，現在方便說話嗎？」

「沒問題，他們很快就離開了。」

「嗯，那個美型男看起來怎麼樣？」

「他的表情很複雜，好像不知道該喜還是憂。」

他順利上鉤了。

「了解，如果老爸打電話來，告訴他我回去赤坂了。」

「好，知道了。」

我回到「喜多之家」大約一個小時後，老爸回來了。

「聽說一切順利。」老爸瞥了一眼我頭上的包。

「有沒有最佳表演獎？」

「要不要我用口水擦一擦你頭上的包？」

「不必了，你那裡的情況怎麼樣？」

「他們似乎很不耐煩，隔著門都可以聽到老太婆在大吼大叫。他們正為找不到線索發愁呢。」老爸看著米勒，用英文又向他重複了一遍。

「這是好機會。」米勒點點頭，老爸拿起電話。

「這次輪到我上場了。」

老爸撥打了禮車上的汽車電話，美型男立刻接起電話。

「我是冴木，我兒子還沒回來，你該不會違反了交易條件吧？」老爸的聲音很緊張。

「啊喲啊喲，冴木先生，你終於打電話來了。因為我沒辦法聯絡你，正在傷腦筋呢。」美型男語氣從容不迫，和剛才簡直判若兩人。

「阿隆怎麼了？」

「發生了意想不到的狀況。」

「你說什麼？」

「你應該也認識的那個以色列客人將阿隆帶走了。」

「這是怎麼回事？」

「我們正在商量時，他突然闖了進來。他應該一直在監視你家吧？他用武力帶走你家阿隆了……」

「……」老爸倒吸了一口氣。即使在電話中，他的演技仍然超逼真的。

「我想他應該很快會問阿隆聯絡方式後通知你的。」

「既然這樣……我手上的畫恐怕沒辦法交給你們……」

「那也沒辦法了。我剛才也和會長說了，那二十五億就只好當作泡湯了……」

「等一下，我會把阿隆救出來，再把畫交給你們，所以，先不要對安田五月下手。」

「你不要說得那麼難聽，安田活得好好的，眼前我們只能按兵不動，靜觀其變。」

「你是不是袖手旁觀，看著阿隆被人綁走？」老爸充滿怒氣地問。

「我按照你的指示隻身前往，在那種情況下，我也無能為力，只能深表同情。」美型男挖苦地說。

「媽的！我會再和你聯絡，等我的消息。」

「請盡快喔。」美型男說完掛上電話。

「等一下還要應付那個老太婆。」老爸說著，掛上電話。

「要怎麼做？」

「我用德文留言貼在老太婆他們住的房間門上，說『關於塞尚一事，請至K飯店大廳詳談』。」

「幾點？」

「今晚七點。米勒要在此之前和是藏談妥。」老爸說完，轉頭看向米勒。

「雖然時間有點耽誤了，吃完日式午餐後，可以請你打電話給是藏嗎？」

「包在我身上。」米勒用平靜的聲音回答。

午餐吃完「喜多之家」的特製便當後，老爸看了一下手表，對米勒點點頭。米勒拿起電話。

真不愧是專家，不需要我提醒，米勒已經背下了美型男告訴他的號碼。

「喂。」美型男立刻接起電話。他今天一整天都抱著汽車電話不放吧。

「我是剛才那個人。」米勒用英語說：「現在情況怎麼樣？」

美型男著急地問：「我要先聽聽你的條件。」

米勒毫不含糊地說：「準備一百萬美金，都要一百元的鈔票，裝在方便搬運的大行李箱內。」

「什麼時候交貨？」

「今晚十二點。」

「不可能！」

「那我把畫帶回國。」

「等、等一下。」這句話說完後，電話中沒有傳來任何聲音。他似乎捂住電筒和別人商量。

「——二十萬可以以現金交付，剩下的得以支票支付。」

「免談，交易取消。」米勒作勢要掛電話。

「等一下！日圓怎麼樣？八十萬美金用今天的匯率換算成日圓支付。」

米勒停頓了一下，讓人以為他在思考。「……好吧。」

「另有一事拜託。」

「什麼事？」

「除了一百萬以外，我們會另外支付你一千萬日圓，請把你綁走的少年交給我們。」

「但冴木要求用他來交換畫。」

「這就看你的本事了，你拿到畫後就趕快閃人，不要將他兒子交還給他。如果冴木阻攔，你可以幹掉他。」美型男越說越離譜。

米勒看了我一眼，我心頭一驚。這位大叔該不會真的在考慮一百萬美元外加一千萬日圓的條件吧？

「這是我老闆是藏先生的提議，如果你這麼做，是藏先生會對你感恩不盡。」

「你們會怎麼處理那個少年？」

「是藏先生說想要好好享用他。」

我不是背脊發毛，而是屁股感到一陣寒意。這個老頭子太噁心了，而且，美型男在說這句話時，很明顯地充滿了嫉妒。

「——如果順利的話，就這麼辦。」

「如果你可以順便幹掉冴木，可以再加一千萬。」

「所以，如果我幹掉冴木，把小冴木交給你們，你們會另外支付兩千萬獎金嗎？」

「沒錯。一百萬美金是一大筆錢，但另外加十五萬美金也不會有人嫌多吧。」

「……好，我盡力而為。」米勒語氣冷靜地說。

「交易地點——」

「我會再和你聯絡，交易時間為十二點，你們要在一個小時之前準備好現金。」

「知道了。」

「請你們記住，即使你們付我一百萬，最終你們可以用比原先便宜五千萬美金的價格拿到塞尚，這筆交易你們絕對不會吃虧。相反的，萬一交易失敗，你們就等於損失超過一千六百萬美金。」

「對，對。」

「不要試圖陷害我，我的組織絕對不會輕易忘記成員的死。一旦我死了，你們將一輩子被耶路撒冷的刺客追殺。」

「我知道你們很會記仇，所以不會背叛你。」

「很好。我的組織也對我深信不疑，所以，你們不要試圖有愚蠢的念頭。」米勒說完，掛上電話。

「你最後那番話應該是真的吧？」老爸問米勒。

「沒錯，我們甚至願意用活著的俘虜交換在敵國遭槍決的同伴屍體。一旦我們的伙伴遭到暗殺，我們絕對不會忘記這仇恨，會找遍全世界各個角落，向下手的人報仇。這一點也成為我們獨自在國外行動時的心靈支柱。」

米勒回答時的表情完全是一個冷酷無情的職業單幫客。

3

夜幕降臨。珊瑚已經黏上了米勒，只要米勒一抱她，她就睡得香甜。康子或圭子媽媽桑接過去時，她就哭了起來。

「她好像喜歡男人。」老爸說，康子惡狠狠地瞪了他一眼。

「阿隆，差不多該出發了。為了安全起見，你稍微變裝一下。」

「怎麼變裝？」

「在飯店的大廳穿學生服有點奇怪，不然去買副眼鏡，梳個油頭。他們不太會分辨東方人的長相，這樣應該就可以騙過他們。」

「我非去不可嗎？」

「在緊要關頭或許需要你支援。米勒如果被發現是猶太人，會引起他們的警戒。」

「我也去。」康子說。

「我陪阿隆一起去比較不引人注目，更何況地點是在飯店。」

「要不要順便訂個房間？」

「好啊，那幫我和媽媽桑，還有珊瑚訂一間蜜月套房吧。」

「饒了我吧。」

康子這幾天一直住在「喜多之家」，對這種旅館般的生活已經有點厭倦了。

「好，那康子也一起去吧。」老爸似乎也看出了這一點，點頭答應了。

我們三人坐上Cedric，前往K飯店。K飯店距離不遠，很快就到了。

回想起來，一切都是從我們在這個飯店的地下停車場，坐上珊瑚睡的那輛車開始的。

老爸在地下停車場停好車後，我和康子，還有老爸兵分兩路搭上了電梯。

「要不要假扮情人？」阿隆我拉起康子的手。

「你好像已經恢復了。」康子很乾脆地把手伸過來說。

「因為漸漸看到了結果，我們要摧毀那些傢伙。」

「太好了。我還在煩惱，如果你變成了軟骨頭，要怎麼讓你重新站起來。」

「妳打算怎麼做？」

康子凝視著我。

我怦然心動。她也許、可能已經做好了心理準備。

為了讓你變成正港的男子漢，我要當一個徹徹底底的女人，諸如此類的——

這時，電梯無情地發出「叮」的一聲，已經到了大廳，門打開了。

這種氣氛真想讓人把新納粹拋到九霄雲外，直接衝去樓上找個安靜的地方。

然而，現實狀況是，我和康子挽著手走向大廳。

大廳中央有三根很粗的柱子，圓形的皮沙發圍在柱子周圍。

老爸坐在中央那根柱子面向玄關的沙發上。他穿著深藍色西裝，戴墨鏡。老實說，不是沒有銷路的小白臉，就是三流藝人經紀公司的經紀人。

在晚上的二流飯店大廳內，墨鏡加雙排釦西裝的打扮看起來就不像是正經人。

我和康子很自然地在柱子背面的沙發上坐下來。

「兩個人含情脈脈地凝望，一副恩愛的樣子……」

康子嘆了一口氣，眼珠子骨碌碌地轉了一下。

「你們深情凝望沒有關係，但不要太投入了，不然老太婆醋勁大發，要求換去其他地方就慘了。」老爸說這話時始終看著前方。

「你們父子真帶種，他們搞不好會把你們幹掉。」康子驚訝地說。

我和康子握著手，觀察著飯店大廳內來來往往的人。和上次一樣，超過半數的客人都是外國人。

「如果妳的打扮大膽一點，再化上濃妝，這裡有很多大叔願意拿零用錢給妳。」

「那不是很好嗎？」康子哼了一聲說。她只穿了件普通洋裝，就已經吸引了不少大叔色瞇瞇的目光。

即使不是真的有錢人，但不少看起來不缺小錢的不良中年人和國籍不明的美女挽著手來來往往。

七點不到，一輛計程車停在大廳的旋轉門前，漢娜老太婆匆匆下車，很不舒服地擠在車後座的佛利茲和漢斯也跟著下了車。

哪一個是會說日文的漢斯？他和佛利茲都穿著同樣的藍色上衣和灰色長褲，根本無法分辨誰是誰。

老太婆走過旋轉門後杵在原地。老爸拿下墨鏡，朝她揮了揮手。

老太婆張大眼睛看著老爸，接著走過旋轉門的佛利茲和漢斯也在她身後停下腳步。

其中一人猛地將手伸進了上衣內側。

康子看到這一幕，用力握緊我的手。

喂，喂，再怎麼笨，也不至於在飯店的大廳開槍吧。

「……！」老太婆不知道用德文叫著什麼，金髮大個子很不甘願地從上衣裡抽出空手來。

老太婆直直走向老爸，我慌忙緊貼在柱子上。K飯店的大廳燈光昏暗，照理說不會被識破，但凡事還是小心為妙。

「……」老太婆又用德文說著什麼，老爸用日語回答說：

「用日語交談吧。在飯店大廳用德文交談，反而會引人注意。」

「漢斯！」老太婆頭也不回地叫了一聲，漢斯立刻飛奔過來。

老太婆默默豎起一根手指，指著老爸旁邊的座位。

漢斯俐落地坐了下來。

這時，我發現了分辨他們的方法。

佛利茲總是拎著黑色皮包。之前他們攻擊冴木偵探事務所時，也是佛利茲拿皮包。

老太婆搖了搖手指，拿著皮包的佛利茲立刻在老爸的另一側坐了下來。

「我先聲明，君子動口不動手。我朋友在這個飯店的櫃檯工作，如果我不是一個人走出大廳，他就會報警。」

老爸意味深長地看了一眼大廳的櫃檯。

漢斯立刻嘀嘀咕咕地將這段話翻譯成德文告訴他的姑姑。

老太婆猛地轉頭。她站在老爸面前，用銳利的眼神四處張望。不知情的人會以為其他人都缺乏敬老精神。

即使讓老太婆一直在那裡罰站，阿隆我也不會受到良心的苛責。最好可以將是藏和這個老太婆用鐵鍊綁在一起丟進深海餵魚。

老太婆小聲地用德文說話。

「嬰兒、在哪裡？」漢斯為她翻譯。

「和嬰兒沒有關係，你們在找的是塞尚的那幅沐女圖吧？」

漢斯仰頭看著老太婆，翻譯成德文。

老太婆面不改色，用德文問話：「**畫**、在哪裡？」

「在米勒手上，他是摩薩德的單幫客，就是那天晚上搭救我們的人。」

漢斯翻譯後，老太婆無言地咬著嘴唇。

「但他不想將畫帶回以色列，他打算賣給是藏。」

老太婆聞言眼睛一亮，馬上對漢斯嘰哩呱啦起來。

「你、為什麼、知道、這件、事？」

「那天之後，我兒子被米勒綁架了，他要求我拿畫來交換兒子，他已經將畫拿走了。他打算將賣畫給是藏後逃亡國外。」

老太婆一聽完漢斯的翻譯，立刻忿忿地說了一大串德文。漢斯沒有翻譯，顯然她在罵一些歧視猶太人的話。

「目前、**畫**、在米勒、的手上嗎？」

「對，他今天半夜要和是藏交易。」

「你、為什麼、把這個、消息、通知我們？」

「我對米勒超火大的，對是藏也是。我要給他們一點顏色瞧瞧——」

「瞧顏色、是什麼意思？」

「我要報仇。我們有共同敵人，所以可以結盟。我一個人無法幹掉他們所有人。」

漢斯翻譯後，老太婆用懷疑的眼神盯著老爸看了半天。

然後，她的視線猛然離開老爸的額頭，看向在背後探頭的我。

啪地一聲。一記耳光打在我臉上。

「豬頭，你到底在看哪裡？好好聽我說話嘛！」康子叫了起來。

「對不起，對不起。」

「每次只要我稍不留神，你就偷瞄別的女人。」

漢斯忍俊不禁地把康子的話翻譯給老太婆聽。

老太婆先笑了起來，漢斯和佛利茲也吃吃笑了起來。

當他們笑完後，老太婆不知道說了什麼。

「是藏、把我們、當成傻瓜，此仇、不報、非君子，米勒、也一樣。對於、這兩個人、最好的、復仇、就是、讓他們、死。」

「很好，就這麼辦，我也會協助你們。另外，你們拿回塞尚時，可不可以將是藏原本打算付給米勒的錢分給我？」

「有多少錢？」

「一百萬美金。」

老太婆聽完漢斯的翻譯後說：「給你一萬美金。」

「一萬？才一萬而已？」老爸真的發出很沒出息的聲音。

「照理說，我們現在、就要、你的命，你現在、可以、活命，還可以、拿到錢，一萬美金、足夠了。」

「如果把我幹掉，你們就沒辦法知道今天晚上是藏和米勒在哪裡交易。」

老太婆又說：「好吧，那一萬、五千美金。」

我差一點噴飯。這個老太婆太精明了。

「吝嗇鬼。」老爸忍不住罵了一句，但趕緊抓著漢斯的手說：

「不，這句你不用翻譯。」

「好，我知道。我的、姑姑、真的、很小氣，我們、來這個、國家，日子、也過得、很辛苦，真想、趕快、回德國，吃很多、好吃的、東西，喝很多、啤酒。」

漢斯這番催人淚下的話簡直就像來日本打工的外勞。雖然漢娜老太婆和佛利茲冷酷無情，但漢斯讓人沒辦法恨他。

即使是雙胞胎，性格也差很多。

「ＯＫ，那就、請你、帶我們、去他們、交易、的地方。」

「現在時間還早。」

「不行，你現在、就要、跟我們走。」

事情大條了。

老爸似乎也很傷腦筋，沉默起來。

老太婆不知道又說了什麼。

「我們、還不能、相信你，如果、你希望、我們、相信你，就應該、和我們、一起、行動。」

「也只能這麼辦了。」老爸嘆了一口氣說：「在他們交易之前，我會和你們在一起，但到時候我才會告訴你們地點。你們不相信我，我也不相信你們。」

漢斯翻譯後，老太婆問：「你的兒子、現在、在哪裡？」

「在一個安全的地方。身為父親，我不能再讓他發生危險。」

說的比唱得還好聽。我差一點笑出來。

「那一直坐在這裡也不是辦法，我們去喝杯啤酒預祝成功吧？」

漢斯喜形於色地翻譯給老太婆聽，老太婆搖搖頭。

漢斯落寞地翻譯老太婆的話：「不能、喝酒，在找回、畫、之前、都要禁酒。」

「你們不喝是你們的事，我要喝。」老爸說完站了起來，走向大廳深處的酒吧。漢斯和佛利茲慌忙跟了上去。

老爸似乎做好了心理準備，打算和他們耗在一起了。

「怎麼辦？」康子問我。

「也只能這樣了，接下來就交給老爸處理，我們去交易地點和他會合吧。」

說完，我站了起來。康子不安地看著他們四個人進去的酒吧入口。

「光是我們兩個人去飯店的酒吧太引人注目了。」

「是沒錯啦……」

「別擔心，老爸知道怎麼應付。」我拉著康子的手說。

將老爸的Cedric留在停車場後，我和康子搭計程車回到「喜多之家」，我用簡單的英文向米勒說明了情況。

米勒的臉色沉了一下。

「漢娜是個危險人物，從冴木口中打聽出她要的消息後，搞不好會殺人滅口。」

「但飯店的酒吧人那麼多，不可能開槍。」

「你不要忘了，漢娜即使不用槍，也可以輕輕鬆鬆地殺人。那個女人的戒指裡隨時藏著劇毒。」

「阿隆，不會出事吧……？」圭子媽媽桑臉色慘白地問我。

「應該沒問題，而且，如果現在我們輕舉妄動，計畫就會泡湯了。雖然我也擔心，但只能相信老爸的狗屎運了。」

「如果涼介哥死了，我會把這孩子當成是涼介的女兒撫養她長大。」

媽媽桑很有義氣地嘀咕著，將珊瑚緊緊摟在懷裡，但她似乎完全忘記這裡還有一個涼介的兒子。

康子無奈地搖搖頭，我問米勒：「你什麼時候聯絡是藏？」

「等我們先去交易的地點後再通知他，萬一他們搶先埋伏就慘了。冴木應該也會在最後一刻才告訴漢娜地點。」

我點點頭，接下來的一切都必須把握時機。

「我們十點出發。」米勒說著，打開了從五門車上拿下來的行李袋。

行李袋裡裝了消音器的手槍、催淚手榴彈和塑膠炸藥。

米勒將塞尚的畫隨意捲成筒狀後放了進去。

「你要帶真跡去嗎？」

「假誘餌無法發揮效果。」

我內心突然湧起一絲不安。搞不好米勒真的想拿那一百萬美金外加兩千萬日圓？果真如此的話，老爸會成為毒針下的亡魂，可憐的阿隆則淪為是藏豪三的玩物了。希望這種情況永遠不會發生。

「時間到了，出發吧。」米勒看著手表說道。我聳了聳肩，在抱著珊瑚的圭子媽媽桑和康子目送下，坐上了五門車。

4

老爸和米勒選擇川崎的賽馬場遊樂園作為讓是藏和新納粹火拚的舞台。

就是那個「螺旋衝雲霄」所在的地方，當然，這次我不需要坐。即使明知道這一點，我仍然不想靠近包括螺旋衝雲霄在內的所有雲霄飛車半徑一百公尺以內。

「在這裡聯絡他吧。」

米勒下了首都高速公路的大師交流道後，又駕駛了一段距離後，將車停了下來。夜晚的填海地幾乎連一輛車子都沒有。

二十四小時作業的填海地內的工廠燈火通明，煙囪也不斷吐出煙霧。不見人影，只見光、煙和火焰的夜晚工廠，宛如一切都由機器人控制的未來都市。

米勒走進電話亭打了是藏禮車上的汽車電話。

狹小的電話亭內，我把耳朵貼在話筒的另一側。

「——喂。」美型男接了電話，他似乎一直在等電話。

「錢湊齊了嗎？」米勒開門見山地問重點。

「準備好了。要去哪裡交易？」

「之前我遇到你手下的地方。」

「川崎嗎？」

「對。」

「好，我現在就出發，十二點之前會到。畫呢？」

「在我手上。」

「少年呢？」

米勒突然用一隻手勒住我喉嚨，我發出呻吟。

「就在這裡。」

「冴木呢？」

「被他逃走了，但他腹部中彈，應該撐不到早上。」

「真的嗎？」

「懷疑是背叛的開始。」

「不，我不是在懷疑你。幹得好，非常感謝。」

「不要遲到了。」米勒說完，掛上了電話。

賽馬場遊樂園仍然圍著高牆，出入口崗哨內沒有警衛。

米勒繞著高牆轉了一圈，確認沒有可疑的人車後，將五門車開進和旁邊工廠之前的狹窄通道。他上次也是停在這個位置，那裡的圍牆有縫隙，可以進入遊樂園內。

米勒熄火後，豎耳靜聽周圍的聲音，然後對我說：「我們最先抵達。走吧。」

我默默點頭下車，鑽過圍牆的縫隙，進入園區。

蜿蜒的雲霄飛車高架軌道黑漆漆的，在園區空中起伏的軌道宛如用機器做成的龍的肋骨，在地面留下淡淡的陰影，只有那個區域的周圍飄散著詭異的氣氛。

起點站的水泥建築物中也是一片漆黑。

米勒右手拿著皮包站在園區中央，小心謹慎地四處張望。

他從大衣口袋裡拿出手套戴在手上，臉上完全沒有表情。

「要、要在哪裡等他們？」我問。我感到口乾舌燥。

「那裡怎麼樣？」米勒說完，邁開步伐走向起點站。

我不想去。這種強烈的心情讓我的身體無法動彈，米勒的背影越來越遠，幾乎被黑夜吞噬了。

振作起來。我激勵自己。儘管我很想掉頭就走，頭也不回地跑回聖特雷沙公寓自己的房間。但如果我真的這麼做，那就會輸一輩子，我必須克服眼前這個難關。

我舉起微微發抖的腿踏出步伐。我知道會來這裡，但一看到「螺旋衝雲霄」，我的雙腿就軟了。

米勒的身影消失在起點站的黑暗中。我深呼吸後，下腹部用力，跟了上去。

我邊走邊看了一眼手表。距離十二點只剩下不到三十分鐘了。

「我在這裡。」黑暗中傳來米勒的聲音，但不是在起點站內部，而是突出的軌道上。

看到米勒站的位置，我的心都揪緊了。他就站在一整排首尾相連的空滑車最前面。

「我們躲在這裡面。」

我閉上眼，全身冒冷汗。那輛滑車就停在起點站門口，好像隨時都會爬上軌道。

米勒應該察覺到我的恐懼，但他什麼話都沒說。

為什麼決定在這裡交易——我在心裡詛咒著老爸和米勒。

為什麼不選其他地方？

米勒絲毫不理會我的心情，俐落地走進滑車，坐在兩人座的座位上。

我再度深呼吸，整理自己的情緒後，走進了滑車，在米勒身旁坐了下來。

我不自覺地握住握把，如果滑車因為某種原因動起來，我一定會大叫著衝出去吧。

「等待的時間很難熬，但想到這有限的寧靜時刻也許是自己人生中最後的寂靜，就不會覺得漫長了。」米勒低聲說道。

我鬆開握把——光是這個動作就需要很大的努力——擦了擦額頭上的汗水。我發現右手的手背都濕了。

老爸他們什麼時候來？是藏會出現嗎？

即使這個計畫成功，結束之後還要營救安田五月。

我忍住抽菸的衝動。在一片漆黑中，遠處也能看到香菸的火，而且，鼻子靈敏的人一下子就能聞到菸味。

十一點五十分。

「來了。」米勒輕聲說道。鐵門外出現了強光。

鐵門頂上的黃色旋轉燈轉了起來，門打開了，整個園區都響起了回音。

車頭燈的光束撕裂了園區，照亮了「螺旋衝雲霄」的軌道。

總共有兩輛車，分別是禮車和廂型車。廂型車車頂裝了很強的探照燈，窗上裝著鐵網，好像裝甲車一樣。

兩輛車揚起陣陣塵土駛入園區後，分別駛向左右兩側轉了一圈，用車燈照亮園區的每個角落。

我屏住呼吸看著燈光的移動，當光線照到滑車時，我將頭塞進大腿之間躲了起來。

兩輛車終於停了下來，廂型車關掉探照燈後，拉門打開，六名身穿戰鬥服的士兵跳下車，每一個手上都拿著散彈槍或手槍。

禮車門打開了，美型男坐在後車座。幾名士兵從禮車後車座拿下輪椅，讓後車座上的另一個男人坐在輪椅上。

一看到那個人，我忍不住倒吸一口氣。

是萬力，他的雙腿都上了石膏。中槍至今沒多久，已經可以外出活動了，他的體力真好。想必是他對我們父子恨之入骨，讓他渾身充滿了鬥志。

兩輛車停在距離起點站十公尺的地方。

美型男緩緩下了車，指揮著士兵。

士兵兩人一組，其中一組跑向大門，另一組留在車旁，還有一組人馬直奔起點站。

他們以為我們還沒有到，所以打算設下埋伏。

是藏沒有來。他不會在這種可能發生危險的交易中現身。

跑向這裡的士兵走進了起點站，兩名士兵的注意力都集中在大門的方向，沒有察覺到我和米勒。

米勒的身體縮成一團，打開皮包，從裡面拿出塑膠炸彈，裝在前方的軌道上。接著，他將一根好像細電線般附有天線的起爆裝置也裝了進去。

我注視著美型男。他雙手交叉，在士兵的陪同下看著大門的方向。

「你留在這裡。」米勒小聲對我說，然後拿起皮包站了起來。他大膽地沿著軌道走向起點站，看得我目瞪口呆。

所有人的注意力都集中在大門的方向，沒有人回頭看「螺旋衝雲霄」。

米勒沿著軌道走向起點站時，從大衣裡拿出裝了消音器的手槍。他的身影消失在起點站內。

起點站內立刻響起沉悶的槍聲和呻吟。

美型男完全沒有察覺到他的動靜，低頭看著手表。

就在這時。「叮噹」一聲，滑車動了起來。我不加思索地用力抓緊握把。

咔咔咔，我坐的那輛滑車開始在上升軌道上爬行，園區內所有人都回頭看著「螺旋衝雲霄」。

「喂！你們在幹嘛⁉」美型男大叫著。

喀登。滑車停了下來，剛好停在上升軌道途中，雖然還沒有到垂直軌道，但已經離了起點站，車體向斜上方傾斜著。

米勒從起點站裡走了出來。

「原來你在那裡。」美型男仰頭看到米勒，脫口用日文叫了一聲，然後趕緊用英語問：「你什麼時候來的？」

「剛才。有沒有帶錢來？」米勒大叫道。美型男不安地看著米勒背後。

「我的手下應該在那裡。」

「我沒看到，錢帶來了嗎？」

美型男的臉懊惱地扭曲了一下，隨即舉起右手。禮車上的司機打開了行李箱蓋。

後車箱裡放了兩個大行李箱。

「畫和少年在哪裡!?」

「在那裡。」米勒指著我坐的滑車，美型男身旁的士兵打算衝過來。

「**等一下**。」美型男制止了他。美型男認出了我，露齒一笑。

「打開行李箱，讓我看裡面。」米勒說。美型男示意士兵，士兵將行李箱拉出來，打開蓋子，裡面裝滿了紙鈔。

「可以了，拿過來這裡。只要一個人過來。」

美型男忿忿地仰望著米勒，揮了揮手。

其中一名士兵將槍交給夥伴，左右兩手各拎了一隻行李箱。行李箱似乎很重，他走路的時候顯得很吃力。

「畫真的在你手上吧？」

「我把少年帶來了，這就是最好的證明。」

拖著行李箱的士兵在起點站的階梯前停下腳步。

這時，槍聲響起。米勒立刻躲進起點站，美型男和其他人在躲在車後。

拎著行李箱的士兵應聲倒下，揚起一陣塵土。

「你在搞什麼？」美型男大叫。

「不是我！」米勒也叫了起來。下一剎那，響起一陣槍聲，禮車的車窗玻璃都被打碎了。

「**在那裡！**」其中一名士兵叫了起來，指向我和米勒進來的圍牆縫隙的方向。原本守在大門的士兵跑了過來，三名士兵同時開了槍。

散彈槍的槍聲響起，向黑暗的遠方連續開了幾十槍。

美型男拿著手槍，轉身跑了起來，來到行李箱旁時，為了躲避周圍的子彈趴了下來。他拿著行李箱的把手，手槍輪流對著起點站和我坐著的滑車。

「你陷害我！」美型男怒不可遏地大叫著。

廂型車上又走下兩名士兵，總共有八個人。

那兩個人手拿著機關槍，其中一人跳上廂型車的駕駛座，調整了探照燈的角度後猛然開燈。

燈光照射在漢斯、佛利茲和漢娜老太婆身上，他們三個人也拿著手槍，躲在堆放的鋼材後方開槍，但不見老爸的身影。

廂型車上的兩個人發射機關槍，打中了鋼材，冒出無數火花。

佛利茲從鋼材後方衝了出來，邊跑邊連開了好幾槍。廂型車上的士兵肩膀中彈，從駕駛座跌到車外。他的槍法實在太神準了。

美型男瞄準佛利茲連開了好幾槍，佛利茲用德文大叫一聲猛然倒地。

老太婆尖叫著，對著美型男連續開了好幾槍，美型男為了躲避子彈，丟下手槍，衝向起點站的階梯。

漢斯從鋼材後方丟了一顆手榴彈，手榴彈滾到廂型車車底，車內的士兵立刻跳下車。

隨著一聲巨響，廂型車被炸飛了，整輛車燒了起來。

這時，繞到鋼材旁的一名士兵用散彈槍在漢斯背後開了槍。

漢斯整個人好像人偶般倒在鋼材上一動也不動。老太婆一回頭，立刻對著那名士兵開槍。正在換子彈的士兵向後一仰，倒在地上。

我回頭看向起點站，美型男和米勒正站在操作儀表前。美型男試圖讓滑車倒退，米勒正在阻止他。在探照燈的燈光照射下，可以清楚看到有一名士兵倒在他們的腳下。

美型男右手伸進立領衣下，亮出一把匕首。米勒按著側腹搖晃起來，然後倚在牆上開了一槍。

鮮血頓時在美型男的白色立領衣中散開。

槍戰停止了，漢娜老太婆丟下手槍，舉起了雙手。

現場還剩下兩名士兵，以及萬力和禮車司機。

「幹掉她！」萬力大吼一聲，兩名士兵舉起槍，但隨即響起兩聲槍響，兩名士兵都丟下槍，倒在地上。

萬力回頭看向大門的方向。

「冴木！」他大叫一聲。老爸騎在大門頂部瞄準了他。

萬力從倒地的士兵手上搶過機關槍對著老爸一陣掃射。老爸不見了，我大驚失色。老爸似乎摔到門外了。

「活該！」萬力大笑起來。我回頭看向起點站，美型男倒在操作儀表上，米勒靠在牆邊一動也不動。萬力似乎沒有察覺美型男已經中槍了。

「老太婆去了哪裡!?」萬力大吼道。漢娜老太婆不見了，似乎趁老爸現身時逃走了。

「和輝大哥！」萬力大叫著，操作輪椅扶手上的按鈕。輪椅像飛一樣快速前進，揚起一陣塵土。

「推我。」萬力命令道，禮車司機推著輪椅上了階梯。

「和輝大哥！」萬力發出悲痛的叫聲呼喊著已經斷氣的美型男，然後，回頭看著我。

「死小鬼！你別走，我會擰斷你的脖子。」

萬力不知道在想什麼，居然將輪椅推到「螺旋衝雲霄」的軌道上。

我從傾斜的滑車中站了起來，雙腿發軟，距離地面將近十公尺。

萬力操作著輪椅開關，輪椅發出馬達的聲音，沿著軌道衝了上來。

「我只要一隻手就可以搞定你！」

當輪椅靠近時，萬力對我咆哮。這時，我看到米勒的右手伸進掉在一旁的皮包。

我跳出滑車，撲向前方的軌道。下一剎那，隨著一聲巨響，裝在軌道上的塑膠炸彈爆炸，萬力連同輪椅一起被炸到半空中。

萬力慘叫著墜地，在墜落地面的前一刻，輪椅已經被炸得粉碎，滑車也跟著砸了下去。

至於我，雙手抓著斷裂的「螺旋衝雲霄」軌道，身體懸在半空。

恐怖的報酬

打工偵探拷問遊樂園

1

沙塵撲向我的眼睛和鼻子，我閉上眼睛，耳邊傳來呼呼的風聲。

聽到咯嘰、咯嘰的聲音，我再度張開眼睛。

聲音是從我懸掛著的「螺旋衝雲霄」上傳過來的。「龍的肋骨」好像甩起的尾巴般斷在半空中，從起點站到這裡的軌道被米勒安裝的塑膠炸彈炸飛了。

剛才搭乘輪椅在軌道上滑行的萬力墜地而死，變成了一坨黑色污點。

軌道由兩條鋼軌和中間好像枕木般的鋼管組成，我目前正懸掛在鋼管上。

鋼管以五十公分的間隔連起兩側的鋼軌，我雙手握著的部分是斷裂部分從下面數上來第三根，最下面那一根在我膝蓋稍微上面的位置。

我不知道軌道能不能承受我的體重，萬一斷裂，我就會像萬力一樣摔成肉醬。

賽馬場遊樂園內恢復了寧靜，只剩下燃燒的汽車殘骸，東倒西歪的屍體，以及幾個奄奄一息的人發出隱約的呻吟。

米勒和美型男在起點站內一動也不動。米勒挨了美型男一刀，美型男中了米勒的子彈。

老爸呢？

我轉頭尋找老爸的身影。

我最後看到老爸時，他騎坐在大門的頂端，被萬力掃射後，好像掉到門外了。

我的雙手漸漸失去了知覺。

看來只能靠自己擺脫困境了。

我雙手用力，以懸垂的方式慢慢撐起身體。

膝蓋碰到了最下方的鋼管，我將膝蓋架在鋼管上喘了一口氣。手臂承受的體重少了一半。

我正打算鬆手，讓手休息一下，就在這時，膝蓋架著的鋼管「啪嗒」一聲脫落了。

我立刻屏住呼吸，牢牢抓住鋼管。左手滑落，只剩下右手懸掛在那裡。

噹。不一會兒，下方傳來鋼管落地的聲音。

我冒出一身冷汗。

我才從槍戰中僥倖活了下來，如果在大家都斷氣之後，孤獨地墜地身亡，簡直就是衰爆了。

無論如何，我都要活下去。

我咬緊牙關，但右手已經像木棒一樣，完全已經失去了知覺。

我的左手抓住軌道，卻因為手汗不停滑落。下面那一根鋼管剛好在我臉旁，我將下巴架了上去，左手也滑到這個位置。

這一次，我小心翼翼地試了一下鋼管能不能承受我的體重。沒問題。

我的眼睛發痛，淚水濕了眼眶。

剛才這裡槍聲大作，卻仍然聽不到警車的警笛聲。

我左手臂用力，慢慢撐起上半身。

幾乎垂直的上升軌道剛好像梯子一樣出現在眼前。

咯嘰、咯嘰，軌道再度發出可怕的聲音。

我終於順利將兩邊膝蓋架在下面那一根鋼管上。

我知道鋼管無法支撐太久，所以，我只能像爬樓梯一樣沿著垂直軌道往上爬。

討厭坐雲霄飛車的我居然不坐滑車，而要用自己的手腳爬上軌道——

這已經不是噩夢而已，簡直就是地獄。

人類實在太奇妙了，我開始覺得眼前發生的一切越來越不真實，一定是大腦拒絕接受這些訊息。

振作一點，這是現實。如果無法戰勝害怕，自己就死定了。

我拚命這麼告訴自己。

騙人，一定是哪裡搞錯了，只要一鬆手就知道是騙人的——另一個我在低聲呢喃。另一個我不願面對現實，膽戰心驚地蜷縮成一團嘀嘀咕咕。

「開什麼玩笑，我才不想死呢！」

我出聲叫了起來。於是，蜷縮成一團的另一個我才戰戰兢兢地站了起來。

「振作一點，把手伸出來。」

另一個我注視著懸在半空中的我，搖著頭說：

「完蛋了，不行啦，一定會死翹翹。」

「白癡！」我大罵一句，右手伸向下一根鋼管。身體往上前進。

「你要上去？不會吧。別往上爬了，只要停下來就輕鬆了，馬上就會知道**這一切**都是騙人的。」

「這不是騙人的！」

我的左腿繞在鋼管上支撐著身體。

往上爬，快往上爬！

我的胸口發悶，不光是手臂，全身都發痛。腳——大腿、膝蓋、小腿，就連腳底都會痛。背好痛，脖子好痛，腰好痛，就連胃都痛了起來。

只有屌不痛。

我突然大笑起來。遇到快樂的事，它每次都是最先有反應；遇到攸關性命的狀況，它就開始裝死，簡直無可救藥了。不過，它卻是決定是不是男人的關鍵。

我在胡思亂想的時候，雙手雙腳並沒有停下來。絕對不能看下面，我也不想看。

這時，我突然想通了。我是因為之前坐直升機時墜落了，才開始討厭雲霄飛車，其實，最終是因為有懼高症吧。

所以，繼續沿著上升軌道爬到頂，是確認我是不是有懼高症的絕佳機會。

或許上去之後就下不來，必須在上面等到天亮。

手心因為汗水而打滑，只能不時用腿勾住鋼管，將手汗在褲子上擦乾。軌道的某些地方塗了潤滑油，也讓手容易打滑。

不知道爬了多久，我終於來到軌道頂端。為了讓滑車在頂端保持水平，所以有一小段平坦的軌道

我壓低身體，發現可以躺在那段軌道上。

我的身體右側朝下，右手和右腳勾住鋼管躺了下來。呼吸急促，汗水和油污都黏在臉上，但我不以為意。風吹在臉上，感覺好舒服。

我躺在那裡一動也不動。為了讓腰部休息一下，我小心翼翼地稍微轉身仰躺，夜空

頓時映入眼簾。

有幾顆星星在眨眼。這裡的星星比廣尾還多。

我緩緩用左手拿出香菸。現在不抽菸，更待何時。我想抽菸已經想了很久。

我將已經皺巴巴的七星淡菸拉直，叼在嘴上。一百圓打火機的火被風吹熄了好幾次，點了幾次都沒點著。

好不容易點著後，我用力吸了一大口。

真是快樂似神仙啊。

我抽了半支菸時，突然下面傳來一個聲音：「喂，你在上面幹嘛!?」

我嚇了一跳，手上的菸差點掉下去。

老爸張開雙腳站在起點站，雙手做成喇叭狀放在嘴邊。

「老爸！原來你還活著！」

「你不要說這種話惹死神生氣！你打算在上面躺到什麼時候？」

老爸的雙排釦西裝有一隻袖子不見了，除此以外，似乎沒受什麼傷。

「再等我一下下！」

「你不是討厭坐雲霄飛車嗎?! 我沒想到你在上面，還把倒在地上的那些人一個一個翻過來檢查!!」

真的假的？搞不好我爬上來時他就看到了，擔心突然大叫我會失手，所以一直看著我爬上來。

我將菸蒂丟到地上。香菸一路散著火星，掉到二十公尺下方的地面。

突然，我發現往下看時一點都不可怕。

水平軌道前方是約四十五度的螺旋下降軌道。坐滑車經過螺旋軌道時很可怕，但用手腳往下爬時，由於上下都可以抓到，所以比梯子更輕鬆。

所以，我往下爬時並沒有感到害怕。最下面那一根鋼管距離地面有三公尺，我垂在鋼管上，輕輕鬆鬆地跳到地面。

「上面的風景怎麼樣？」老爸走到我身旁問。他的臉頰受傷了，不知道是不是因為子彈擦過受的傷。

「太讚了，我可能會愛上雲霄飛車。」我回答。

2

我和老爸將米勒從起點站抬出來。米勒躺在起點站的階梯上時，無力地張開眼睛。

他側腹傷口流的血已經將長褲都染紅了。

「我想……我應該、完蛋了……」米勒小聲呢喃。

「很遺憾，現在送去醫院恐怕也來不及了。」

老爸說。我忍不住看著老爸，他面無表情。

米勒點點頭。

「謝謝，我不想聽一些言不由衷的安慰話，我有一事相求。」

「你說吧。」

「請你幫我、把畫、先送去大使館。」

「沒問題。」

「然後，打電話到我之前告訴你的號碼，通知對方我死了。我相信……他們會將我、送回祖國。」

「我保證做到。」

米勒聞言露出微笑。

「只要能在祖國安睡，就……無所畏懼。」

老爸點點頭。

「那個……嬰兒、叫什麼……名字？」

「**珊瑚**，海裡的珊瑚。」

「珊瑚……，好美的名字。」米勒閉上眼睛說。然後，長嘆一聲，從此再也沒有動靜了。

「老爸……」

老爸注視著米勒。斷了氣的單幫客一臉安詳，看起來很像大學教授或是藝術家。

終於，老爸看著我說：「來吧，該做個了斷了。」

「要去是藏家嗎？」

「對，要去營救安田五月。」老爸斬釘截鐵地說。

我和老爸拿著米勒的皮包，坐上車窗玻璃被打碎的禮車。老爸的那輛Cedric不見了，應該是漢娜老太婆開著那輛車逃走了吧。

離開賽馬場遊樂園，行駛了數百公尺後才遇到警車。他們終於接到報案了。後面還有一輛警車。警官看到現場時，一定會嚇壞吧。因為簡直就像是經歷了一場巷戰，唯一毫髮無傷的禮車司機也被老爸打昏了。

「米勒最後是因為他該執行的任務以外的事送了命。」我對握著方向盤的老爸說。

「對，他的任務是將畫帶回去。照理說，他可以拒絕我們的要求。」

「不知道他後不後悔？」

「你忘了他說的話嗎？他不願意懷疑自己所做的事，如果不協助我們，對他來說，就是在懷疑自己。那是他根據自己的信念做出的選擇，即使因此失去性命，他應該也不會後悔。比起活著後悔一輩子，他選擇了不想後悔。」

「這就是所謂的男子氣概嗎？」

「這和是男是女沒有關係，有很多男人整天都在後悔，也有女人討厭後悔。」

「那到底是什麼？勇氣嗎？」

「應該是自豪吧。身為一個人，能不能為自己感到自豪很重要。有些人會因為財產或是地位感到自豪，他是對自己的信念感到自豪。」

我沒有答腔。每個人都想為自己感到自豪，但要在自己身上尋找引以為傲的事情並不容易，要理解別人引以為傲的事也不容易。到底有幾個人能夠理解米勒帶著怎樣的自豪死去？

對自己感到自豪和在別人面前虛張聲勢，自以為是大人物完全是兩碼事。真正的自豪或許是無法從外表看到的。

禮車上的汽車電話響了。

「老爸──」

「應該是是藏打來的。他一定是擔心結果，所以打來了解情況。」

「怎麼辦？」

「別理他，吊一下他的胃口，讓他坐立難安吧。」

禮車沿著環狀七號線行駛，已經進入世田谷區，距離是藏家所在的松原不遠了。

「在下一個路口時換你開車。」

「好，你知道路嗎？」

「大致上知道。」

換我開車後，老爸將米勒的皮包放在腿上，將事先預備的子彈裝進米勒的槍裡，又拿出了剩下的塑膠炸藥。

「萬一遭到臨檢會鬧出大新聞吧，在下一個路口左轉。」

老爸說著，將塑膠炸彈塞在後方的座位底下。

然後，又將手槍插在長褲的皮帶裡，皮包裡只剩下催淚手榴彈和塞尚的畫。

是藏的家出現在前方。他家的房子大得出奇，足足有一千坪。高牆上的監視攝影機監視著周圍的動靜。

我將禮車開到房子正門後，用力按著喇叭。

正門出入口有一道兩公尺高的鐵製大門，門柱上也裝了攝影機。

攝影機緩緩轉向禮車擋風玻璃的方向，老爸將捲起的塞尚名畫攤開，從內側貼在擋風玻璃上。

嘎嘎嘎嘎，鐵門慢慢向旁邊滑開了。攝影機應該拍到了塞尚的畫，但應該看不清楚坐在車上的我們。

「做好準備衝吧。」老爸說，我用力踩下油門。

是藏豪三的豪宅以日本庭園隔成主屋和偏屋兩部分，中間是舖水泥的停車區域，停了好幾輛車。庭院內有好幾座水銀燈，主屋正前方有兩個探照燈，照亮了停車區。

禮車一駛入，鐵門立刻在背後關上了。

車子駛向停車區途中，出現了好幾名士兵。面向停車區的主屋一樓是一片玻璃圍起的平台。

我聽從老爸的吩咐，將車子硬插進一輛廂型車和賓士車的中間。

一眨眼的工夫，拿著槍的士兵立刻包圍了禮車。

老爸一下車，環視著殺氣騰騰的士兵。他手上拿著皮包，畫再度放回了皮包。

「帶我去見是藏。」

「和輝大哥呢!?」一個站在士兵中央，持槍的男人大聲問道。

「他找到比老頭子更好的對象，所以棄暗投明了。」

「王八蛋，你說什麼！」

「對方頭上有光環，背上還長了翅膀。」

那個男人頓時瞪大了眼睛，說：「你說什麼？」

他似乎很想一槍斃了我們。

「我如約帶畫來了，趕快帶我去見是藏。」老爸壓低嗓門說道。聲音超有威嚴。

那個男人忿忿地看著老爸，然後頭一偏說：「跟我來！」

我和老爸跟著他走向主屋的方向，其中一名士兵打開禮車車門，打算停去其他地方。老爸立刻阻止說：

「喔，不要動那輛車，我裝了塑膠炸彈，搞不好連車帶人都會炸飛。」

「怎、怎麼可能！」走在我們前面的男人臉色大變。

「我是說真的，不然你試試？」

「媽的……你……」

男人以眼神向手下示意，他的手下立刻閃開了。

「你會後悔的。」

老爸聳了聳肩。

「老頭子也說過相同的話，但我通常會對別人說，只要和我交手，沒有人不後悔。」

「你……」

「溝口！」這時，主屋二樓的陽台上傳來一個嚴厲的聲音。「你在磨蹭什麼！為什麼不趕快帶上來！」

說話的是身穿和服的是藏豪三。

我和老爸在主屋一樓的平台和是藏豪三面對面坐了下來。二十坪大的空間內，四個角落都有士兵站崗，是藏坐下來後，那個叫溝口的男人站在他身旁。

是藏叼著雪茄，溝口立刻幫他點火。是藏大口吐煙，看到雪茄點著後，目光才終於看向老爸。

「我的手下呢？」

「在和新納粹的槍戰中全軍覆沒了。」

「那個摩薩德的男人呢？」

「被你的心肝寶貝幹掉了，他也挨了一顆子彈。」

「你和那個摩薩德聯手陷害我……」

「就是這麼一回事，我終於一償夙願了。」老爸滿不在乎，大大方方地承認。是藏臉色大變，鼻孔裡喘著粗氣，把雪茄丟在地上。

「我看你是不想活了！」

「你不想要畫了嗎？」

「就在你手上吧，等把你打成蜂窩後再說！」

「你想得太天真了，這皮包裡也放了炸藥，如果你想打開，整幅畫都會炸掉。」

「和輝之前吃過一次悶虧，我不會再上你的當了。」

溝口聽了，立刻大叫起來。

「王八蛋！你居然敢騙我。」他拿手槍打老爸的臉，發出很悶的聲音，鮮血從老爸臉上濺了出來。

「不相信就算了。」老爸還在嬉皮笑臉。他的笑容還來不及收起來，停在庭院裡的禮車轟地一聲爆炸了。

「阿隆，趴下！」

老爸還沒喊，我就已經趴了下來。平台的玻璃被震碎了，細小的玻璃片全都撲向屋內。站在窗邊的士兵也被爆炸的強風震到另一側牆上。

爆炸並非只有一次，而是連續炸了兩、三次。因為火勢引燃了周圍的車子，導致油箱爆炸了。巨大的火焰竄到兩層樓高。

老爸最先站了起來，拔出腰間的槍拿在手上。溝口好不容易瞄準老爸時，他的右手腕已經中了槍，溝口哀嚎了起來。

「輪到你了！」

老爸用左手將抱頭縮成一團的是藏拎了起來，右手的槍一晃，幾乎沒有瞄準就開了槍。在房間角落舉起步槍的士兵立刻發出一聲慘叫。

我、老爸和是藏都是一身白色碎玻璃，一不小心就會割傷。

「帶我去關安田五月的地方。」

庭院和屋子裡到處傳來慘叫聲。

老爸踢開平台的門，舉起槍，拉著是藏走了出去。

然而，沒有人對他們開槍。

「你手下的士兵和以前一樣，都是一群廢物，只顧自己逃命，沒有一個人來救你這個首領。」

「嗚嗚……」是藏發出呻吟。他身上那件價值不菲的和服上滿是玻璃碎片，脖子也被玻璃割破了，流著血。

「安田五月在哪裡？」

「地、地下室。」

「帶我去。」老爸推了是藏一把。是藏搖搖晃晃地走在因為受到爆炸衝擊，傢俱東倒西歪的走廊上。

「快逃——」

「房子快燒起來啦——」

四處傳來叫喊聲，一名士兵從其他房間衝了出來，看到了我們。

「啊，會、會長！」

他跑過來時，老爸從後面拿槍托把他打昏了。

位在主屋走廊盡頭的樓梯通往地下室，那裡有一道鐵門。

「我沒有鑰匙。」是藏喘著氣說。

「鑰匙在哪裡？」

「溝口，在溝口身上。」

「ＯＫ！」我應了一聲，跑回走廊。跑到平台出口時，溝口按著右手，步履蹣跚地走了出來。

「王、王八蛋……」他左手伸向插在腰間的手槍。

「我忘了拿東西——」我說著，對準他的下巴揮了一記直勾拳，溝口應聲倒下，後腦勺撞到牆壁昏了過去。

他長褲皮帶上掛了一串鑰匙，我連同手槍一起拿走了。

走廊上彌漫著一股宛如白色霧靄般的煙，也有一股焦味，似乎真的著火了。

我衝下樓梯，來到地下室入口，把鑰匙插進鑰匙孔。

「阿隆，你進去將安田五月帶出來。」老爸站在樓梯上對我說。

「遵命。」我衝進地下室。

地下室比我想像的更寬敞，大約有十坪大。天花板上有很粗的橫樑，必須彎下腰才能走進去。天花板上的燈光也被橫樑擋住了，無法照亮整個地下室，感覺很昏暗。

「安田……安田五月……」我一邊叫，一邊往前走。

地下室最深處出現一個人影。是安田五月，他雙手被綁在身體前，也被矇上了眼睛，身上穿了那件尺寸太大的制服，旁邊有簡易馬桶和鐵管床。

「誰？」五月矇著眼，臉轉向我的方向。

「我是都立K高中的留級生冴木隆，我們之前見過，我是來救你的。」說完，我快步走向五月。我扶著他起來，準備解開矇住他眼睛的布。

這時，地下室充滿霉味的空氣中，突然有一股碘藥的味道。那股味道從背後傳來。

我正想回頭，側腹一陣劇痛，好像被扁鑽插了進去般。我呻吟著，向前彎下身體。

「小鬼……好久不見了。」

他拉著我的頭髮，把我拉起身。我的身體僵住了。

是鐵仔。他滿臉鬍碴，神情憔悴，眼睛也凹了下去。髒兮兮的浴衣敞開著，露出繃帶包紮的胸口。我剛才進門時沒有發現，地下室角落還有另一張床。

「都是因為你們逼供，所以害我受到處罰，被關在這裡。」

鐵仔從我腰上拔出槍，壓在我的右眼上。

「這樣就可以在會長面前將功贖罪了，嗯？」

鐵仔痛苦地笑著，用力咳嗽起來。他好像是時代劇中那種得了肺結核的流浪武士。

「上面發生了什麼事？」

「你自己去看啊。」

「好，跟我一起去！」鐵仔拉著我，走到地下室入口。

老爸和是藏站在那裡。

「會、會長！」

「鐵仔，幹得好。把這個小鬼幹掉。」

「老爸——」

「這是怎麼回事？」

老爸皺著眉頭。是藏放聲大笑。

「冴木！把槍和畫給我。」

「怎麼會這樣？」

「老爸，完了——」

鐵仔用手指鎖住我喉嚨，我忍不住用力咳嗽，痛得蹲了下來。

在淚水模糊的視野中，我看到是藏從老爸手上搶過手槍和皮包。

「畫在裡面吧？」

「對，但是——」

「鐵仔，打開看看。」

是藏把皮包丟給鐵仔，然後看著老爸。

「如果你的話屬實，你兒子也會跟著一起上路。」

是藏歪著嘴說。他的臉上沾滿玻璃粉和血，一塊紅，一塊白。

「會長，什麼意思？」

「你別管那麼多，趕快打開！塞尚的畫就在裡面。」

是藏槍口抵住老爸的太陽穴命令鐵仔。

鐵仔把槍放在地上，打開皮包的拉鏈。什麼事都沒有發生，鐵仔從皮包裡拿出塞尚的畫。

「找到了！會長，我找到了！」鐵仔大聲歡呼。

是藏咧嘴笑了起來，拿著槍的右手往上一頂，對老爸說：「你這個蠢蛋！去死吧！」

槍聲響起。是藏瞪大眼睛，鮮血在他的和服上擴散。

「啊啊……」是藏哀號著，看著身上的血跡，回頭一看。

「會、會、會長！」

漢娜老太婆拿著槍站在那裡，原本盤在頭頂的頭髮散開，身上的套裝也撕爛了，臉頰黑黑的。她瞪著布滿血絲的雙眼，簡直就像巫婆。

「……」老太婆不知道用德文叫著什麼。雖然我聽不懂，但聽她的語氣，應該是說「太痛快了！」

是藏噗咚一聲跪了下來。

「會長！」鐵仔衝上樓梯。

「死老太婆！」

老太婆扣下扳機，卻只聽到「咔嗒」的聲音。她剛才打是藏的那一槍似乎是在槍戰中用剩的最後一顆子彈。

鐵仔看到是藏被她打死了，氣得連槍都忘了拿，右手伸向漢娜老太婆的喉嚨。

「死老太婆，我掐死妳！」

漢娜老太婆張大眼睛，用彎得像鉤爪的手指抓向鐵仔的手臂。氣得發瘋的鐵仔不為所動。

漢娜老太婆左手抓著自己右手上的戒指，她雙腳懸空，踢著地板。她戒指上的寶石被她拔了出來，下面露出一根長達兩公分的細針。老太婆把細針刺進鐵仔的手臂。

「呃！」鐵仔儘管發出呻吟，卻沒有鬆手。老太婆也發瘋似地一次又一次將針刺進鐵仔的手臂，鐵仔的手臂被刺得血肉模糊。

終於，老太婆翻著白眼，手臂無力地垂了下來。鐵仔一鬆手，她就倒在地上。

「活、該……。會長——」

鐵仔衝向趴倒在地上的是藏，後者已經斷了氣。

「阿隆，閃人囉。」老爸說。

「慢著，你們別想逃！」

鐵仔想要站起來，卻雙腿發軟。他難以置信地眨著眼睛。

「怎麼了……這到底怎麼回事……」

老太婆刺了他好幾針，所以他毒性發作的速度比神谷更快。鐵仔雙手撐在地上，試圖想撐起身體，但還是無力地倒在是藏的身體上。

看到這一幕後，我衝進地下室。

我帶著安田五月，和老爸一起衝出主屋。庭園內沒有人，好幾輛消防車警笛大作地趕來了。

我們在庭園後方發現了後門，從後門溜走後，聽到一陣好像爆炸聲的巨響，是藏豪三的豪宅陷入一片火海。

3

圭子媽媽桑回到了「麻呂宇」的吧檯前，三天後，島津先生來了。第一次看到他帶女下屬。那名下屬年約三十歲，看起來很聰明，這意味著缺乏女人味，但看起來並不會很刻薄。

我、老爸、康子和珊瑚都在「麻呂宇」。

「我原本還以為你了結的方式會稍微平和一點。」

島津先生一開口就這麼對老爸說。

「又不是你僱用我的，你拜託我的事，我幫你做到了。」

島津先生點點頭。

「有人為此鬆了一口氣。」

媒體報導說，是藏的手下對是藏的嚴格管教懷恨在心，放火燒了房子後畏罪自殺。

「米勒的遺體呢？」

「已經私下送去以色列大使館了。畫呢？」

「我匿名寄出去了。」老爸冷冷地說。

「真的嗎？」島津先生的語氣很嚴肅。

「真的啊，是我去郵局寄的。」

聽到康子這麼說，島津先生終於鬆了一口氣地垂下肩膀。

「太好了。至少不會因為這件事影響日本的外交關係，我要向你道謝。」

「不應該由你向我道謝吧？」

「那你要我怎麼做？難道要求外務大臣寫感謝狀給你嗎？」

「這個主意倒不壞。」

「冴木！」

「跟你開玩笑的啦。」

島津先生用力吐了一口氣，站在他身旁的女人連眉頭都沒有皺一下，她的心臟應該很強。

島津先生向那位女下屬伸出手說：「把那個給我。」

那名女下屬打開四方形的黑色手提包，那個皮包很大，可以塞進一把機關槍。

她從皮包裡拿出來的是一盒錄影帶。

「從是藏燒毀的房子中找到監視機的錄影帶，警方準備分析時，我先拿過來了。」

那盒錄影帶中顯然錄到了塞尚的畫，或是我們從後門逃走的身影。

「只有這一盒而已，警方還沒有複製，所以，用這個代替感謝狀如何？」

老爸聳了聳肩。

「也只能這麼辦啦。」

「另外，關於那個嬰兒，外務省接到了巴黎的日本大使館的聯絡——」

「不行！」圭子媽媽桑叫了起來。她緊緊抱著珊瑚。

「嬰兒的母親解除了婚約，說要親自撫養這個孩子，孩子的父親露木也同意了。」

「不行啦，怎麼可以這樣？涼介哥，不行啦！」

媽媽桑拚命搖頭，眼眶中泛著淚水。

老爸默默注視著媽媽桑。有好一會兒，都沒有人說話。然後，老爸終於開了口。

「媽媽桑……」

豆大的淚水從媽媽桑的臉頰滑落，島津先生開口說：「很抱歉——」

「你先閉嘴。」老爸低聲說道，島津先生閉了嘴。

「——媽媽桑，這也是沒辦法的事，這孩子不是孤兒。」

媽媽桑淚流滿面，鬆開了緊緊抱在懷裡的珊瑚。珊瑚驚訝地張大眼睛，嘴裡叫著：「巴巴、巴巴。」

康子輕輕摟著媽媽桑的肩膀。島津先生和他的下屬站了起來，從媽媽桑手上接過珊瑚。

「我有一個條件。」老爸說。

「什麼條件？」

「要告訴她的母親，這孩子之所以沒有死在日本，也沒有生病，是因為有兩個日本女人發自內心地疼愛她。而且，要寄照片到這裡，讓她們了解孩子的成長情況。」

「知道了。」島津先生點點頭，媽媽桑靜靜地哭泣著。

「請你告訴她，這孩子在日本的名字，雖然很快就會被忘記了……」

「我知道了。」島津先生說完，站了起來，帶了抱著珊瑚的下屬一起走出「麻呂宇」。

島津先生他們正打算坐上車時，康子衝了出去。他們忘了拿那個籐籃，裡面裝滿了「麻呂宇」的老主顧送的嬰兒服、毛巾和娃娃。

老爸重重地嘆了一口氣。

康子將籃子交給島津先生後，在「麻呂宇」門口目送著車子離去。康子也哭了。

「你帶康子出去走走吧。」老爸說完，走向圭子媽媽桑。媽媽桑的臉埋進老爸的胸膛裡。

我點點頭，走出「麻呂宇」，站在康子身旁。我握著她的手，她也用力回握我。

「我騎車帶妳去兜風。」

「嗯。」康子低著頭回答。

「要去哪裡？」

康子抬起臉，淚水濕透的臉上浮現笑容。

「去可以看到珊瑚礁的海岸……」

解說 為信念與價值奮戰的人們／心戒

信念是鳥，他在黎明仍然黑暗之際，感覺到了光明，唱出了歌。

泰戈爾Rabindranath Tagore

作為「打工偵探」系列的第三部長篇，大澤在昌此番將目光再度拉回六本木，以東京港區一隅二等飯店的離奇死亡事件，輔以輕盈化的死前留言謎團，為讀者帶來一場生理與心理的死亡保衛戰。

隨著時光流轉，一路從一九八六年的短篇連載時期跟隨大澤在昌腳步來到一九九四年第三部長篇《打工偵探——拷問遊樂園》的讀者，多少都會注意到「打工偵探」系列在這八年內逐步產生的「質的變化」。以短篇形式連載的系列前二作，除了肩負角色型塑的功用外，作品本身所散發出來的，是一股「輕」閱讀的痛快冒險小說風味。作品裡隨處可見遠比接案初期更加奇想的幕後陰謀、追趕跑跳搶時間的埋伏跟蹤與追擊，以及角色間互動微妙的三角戀情。小說本身著重的，是氣氛的渲染與無負擔的愉快閱讀經驗。

有趣的是，相較於角色形象建立完備的短篇集，「打工偵探」系列長篇則更似逐年推出的番外篇電影，獨立架構的故事不僅格局更加龐大，牽扯層面（無論是政治對手抑或是國家大小）亦複雜許多，但原本得以強化要角與主角間羈鎖關連的長篇創作，大澤在昌卻反其道而行，將「打工偵探」系列長篇的焦點，全然凝聚於主角冴木隆身上。無論是《女王陛下的打工偵探》裡和異國公主相知相惜卻因距離與階級而分離的苦戀，或是《不思議國度的打工偵探》中探得無血緣父親冴木涼介的謎樣過往，卻加深了兩人羈絆的異地敵營大冒險，都可發現大澤在昌有意識地降低系列要角登場的頻率（多以揭露過往經歷，或更新角色狀態為主），選擇透過獨立事件新角色的活躍，從嶄新的切入點為讀者挖掘冴木隆內心深處的情感和變化，進而活化冴木隆的形象，更藉此添增閱讀上的新鮮感。

因此，當讀者意識到「打工偵探」系列真正隨時間與事件不斷成長的角色僅冴木隆一人時，很自然地會發現，為讀者展現冴木隆於愛情與親情等外在情感羈絆後，大澤在昌自然而然的將焦點往內推，窮究內省起屬於冴木隆這角色自身的價值觀與內在世界，企圖更進一步地展現角色的立體面。在《打工偵探——拷問遊樂園》裡，大澤在昌巧妙地連結系列第一部長篇《女王陛下的打工偵探》的直升機飛墜叢林事件，為冴木隆安排了一個「短暫的弱點」，藉此為角色帶來考驗與挫敗——當己身的恐懼恰巧被敵人拿來利用，作為打擊自己的拷問工具，而自己卻因恐懼而向鄙視的勢力／作法低頭，甚而做出出賣價值觀的同時，失去立場的自己，又該堅信什麼呢？——進而向讀者提問：「從毀滅的碎片中再次撿拾拼湊而後重新站起來的時刻，身為一個人決不可丟失的基本核心價值為何？」

面對如此大哉之問，大澤在昌在《打工偵探——拷問遊樂園》中透過涼介與隆兩人私密的父子對談，指出了方向。當我們意識到恐懼，往往是直視內心深處最脆弱缺點的時刻。正因為害怕，此時所展露的勇氣，亦發意義非凡而彌足珍貴。因為那表示我們找到了自己最珍視的、絲毫不想妥協的信念與特質。也因此，雖因面對死亡的恐懼而讓冴木隆妥協出背叛的行為，但父親涼介沉著臉所在意的，卻非冴木隆被擊潰的事實，而是他就此心灰意冷，決意拋下一切的退縮決定。「以牙還牙」或許是針對是藏人品與行為而導出的結論，但若無法從逆境中重新建構自己秉信的信念和價值，從跌倒處再次重新站起來，無論男女老少，從此將一再沉溺於挫敗的陰影，過著行屍走肉般的生活。

為了強化堅定信念並努力實踐奮鬥、勇敢無懼失敗的立場，大澤在昌特意在小說中提供了正反兩面的素材。奠基於愛國立場鍥而不捨追討祖國失物的米勒，即便在拿到遺失的畫作，仍選擇留下來幫助冴木父子完成計畫，為的便是貫徹伸張正義、抵禦欺凌以色列外辱的信念，而忽略計畫中對於生命威脅的可能性；冴木涼介雖然因理念上的不合而決心離開單幫界，但他仍能理解島津搏命投入保護國家、避免此次事件遭有心人士政治操弄的信念，決心再次面對並徹底摧毀紛爭來源的是藏。相較之下，對於己身行動毫無立場與信念者，無論是依權附貴的美男子和輝，亦或是異國打工似的新納粹黨殺手漢斯，都可以看出其態度上的搖擺、畏懼上司所以不得不的妥協，以及最終失去自我與個性的下場。或許，這正是為何涼介與米勒明知冴木隆的恐懼和膽怯，卻仍選擇在拷問遊樂園內，從根本上解決事件與心結的初衷。

截至目前為止，無論冴木隆再怎麼深陷危機，他總能用正向的態度，談笑嬉鬧（然後憑藉著一點運氣）面對嚴峻的挑戰，展現的多半是他在環境適應性、處事應變能力等方面的成長。相較於「打工偵探」系列前幾作的氛圍，在《打工偵探——拷問遊樂園》裡受屈辱而被擊潰的精神損傷，更顯得內省，也更能凸顯冴木隆在這場「心的戰鬥」中，所克服的挑戰與抗壓性的飛越性轉變。從絕望否定的深淵再起，為了奪回男人的自尊與驕傲而奮戰，重新建立價值與信念的冴木隆，就在跨入十九歲的剎那，轉變成了獨當一面的大人。或許是因為如此劇烈的轉變，讓大澤在昌不得不停筆思索：接下來要往哪裡去呢？是要讓冴木隆就這麼一而再再而三地定格於二十歲內，成了另一個野比大雄或櫻桃小丸子？或是讓角色持續成長，慢慢轉變成帶著故事與刻痕，懂得在努力中展現灑脫，在認真中依舊秉持著信念和平常心，活躍於六本木的另一匹狼？

十年後，當冴木隆於《打工偵探回來了》再度登場，我想，大澤在昌應當找到了答案。也更讓人期待，當年方從青澀中蛻變的偵探，將帶著什麼樣的故事回來。

本文作者簡介

心戒／ＭＬＲ推理文學研究會成員，正為自己的理想邁出地球，靠著推理小說與地面聯繫中。

國家圖書館出版品預行編目資料

打工偵探：拷問遊樂園／大澤在昌 著／王蘊潔 譯；.--.初版. — 臺北市；獨步文化：家庭傳媒城邦分公司發行, 民101.03
面； 公分.（大澤在昌作品集：05）
譯自：アルバイト探偵：拷問遊園地
ISBN 978-986-6043-17-8

861.57 101001918

ISBN 978-986-6043-17-8

城邦讀書花園
www.cite.com.tw

大澤在昌 作品集05

打工偵探——拷問遊樂園

原著書名／アルバイト探偵：拷問遊園地
原出版社／講談社
作者／大澤在昌
翻譯／王蘊潔
特約編輯／林穎宏
責任編輯／張麗嫺
版權部／吳玲緯
行銷業務部／蔡志鴻、陳亭妤
編輯總監／劉麗真
總經理／陳逸瑛
榮譽社長／詹宏志
發行人／涂玉雲
出版者／獨步文化
城邦文化事業股份有限公司
地址：104台北市中山區民生東路二段141號5樓
電話：(02) 2500-7696
傳真：(02)2500-1967
發行／英屬蓋曼群島商家庭傳媒股份有限公司城邦分公司
地址：104台北市中山區民生東路二段141號2樓
讀者服務專線／(02)2500-7718; 2500-7719
服務時間／週一至週五：09:30～12:00 13:30～17:00
24小時傳真服務／(02)2500-1990; 2500-1991
讀者服務信箱／service@readingclub.com.tw
劃撥帳號／19863813 戶名／書虫股份有限公司
總經銷／大和書報圖書股份有限公司
電話：(02)8990-2588；8990-2568
傳真：(02)2290-1658；2290-1628
香港發行所／城邦（香港）出版集團有限公司
地址：香港灣仔駱克道193號東超商業中心1樓
電話：(852) 2508-6231 傳真：(852) 2578-9337
E-mail／hkcite@biznetvigator.com
馬新發行所／城邦（馬新）出版集團
【Cite (M) Sdn. Bhd. (458372 U)】
地址：11, Jalan 30D/146, Desa Tasik, Sungai Besi,
57000 Kuala Lumpur, Malaysia
電話：(603) 9056 3833 傳真：(603) 9056-2833

封面繪圖／SALLY
美術設計／戴翊庭
印刷／中原造像股份有限公司
排版／浩瀚電腦排版股份有限公司
□2012年（民101）03月初版
定價／350元 Printed in Taiwan

獨步文化
APEX PRESS

廣告回函
北區郵政管理登記證
台北廣字第000791號
郵資已付，免貼郵票

104台北市民生東路二段 141 號 2 樓

英屬蓋曼群島商家庭傳媒股份有限公司

城邦分公司

請沿虛線對摺，謝謝！

獨步文化
APEX PRESS

書號：1UM005 **書名**：打工偵探——拷問遊樂園 **編碼**：

請於此處用膠水黏貼

獨步文化 APEX PRESS

讀者回函卡

謝謝您購買我們出版的書籍！
請費心填寫此回函卡，我們將不定期寄上城邦集團最新的出版訊息。

姓名：________________ 性別：□男 □女

生日：西元________年________月________日

地址：________________

聯絡電話：________________ 傳真：________________

E-mail：________________

學歷：□1.小學 □2.國中 □3.高中 □4.大專 □5.研究所以上

職業：□1.學生 □2.軍公教 □3.服務 □4.金融 □5.製造 □6.資訊
□7.傳播 □8.自由業 □9.農漁牧 □10.家管 □11.退休
□12.其他________________

您從何種方式得知本書消息？
□1.書店 □2.網路 □3.報紙 □4.雜誌 □5.廣播 □6.電視
□7.親友推薦 □8.其他________________

您通常以何種方式購書？
□1.書店 □2.網路 □3.傳真訂購 □4.郵局劃撥 □5.其他

您喜歡閱讀哪些類別的書籍？
□1.財經商業 □2.自然科學 □3.歷史 □4.法律 □5.文學
□6.休閒旅遊 □7.小說 □8.人物傳記 □9.生活、勵志 □10.其他

對我們的建議：________________

請於此處用膠水黏貼

獨步文化
APEX PRESS

廣告回函
北區郵政管理登記證
台北廣字第000791號
郵資已付，免貼郵票

104台北市民生東路二段 141 號 5 樓

英屬蓋曼群島商家庭傳媒股份有限公司

城邦分公司

獨步文化　　收

請沿此虛線剪下，將活動卡對摺、黏貼後寄回即可

黏貼處

獨步文化 APEX PRESS

== 獨步 2012 集點送 !==
推理御貓 bubu 的獻身
2012 年買獨步新書，集點換禮物！

5 點 bubu 貓 萬年記事簿

15 點 bubu 貓馬克杯

20 點 bubu 貓書衣（限量 200 份）

你是個超級日本推理迷嗎？每年總是大手筆購買一脫拉庫的獨步好書？那你就是 bubu 貓要獻身的對象啦！獨步將推出一系列 bubu 貓周邊禮品，只送不賣！贈予愛 bubu、愛日推的忠實獨步粉！

【活動辦法】：即日起至 2012 年 12 月 31 日期間，獨步出版新書書末皆附有「推理御貓 bubu 的獻身」活動卡，每卡附贈一枚 bubu 貓點數（見右下角），將點數剪下貼於下方黏貼處，即可依點數兌換 bubu 貓周邊禮品哦～

【活動期間】：即日起至 2012 年 12 月 31 日

【兌獎期間】：即日起至 2013 年 1 月 31 日（郵戳為憑）

【點數黏貼處】

請沿此虛線剪下，將活動卡對摺，黏貼後寄回即可

【聯絡資訊】

姓名：＿＿＿＿＿＿＿＿ 年齡：＿＿＿＿ 性別：☐ 男 ☐ 女

電話：＿＿＿＿＿＿＿＿

獎品寄送地址：＿＿＿＿＿＿＿＿＿＿＿＿＿＿＿＿

E-mail：＿＿＿＿＿＿＿＿ ☐ 我願意收到獨步電子報。

黏貼處

【注意事項】

1. 本活動限臺澎金馬地區讀者參與。 2. 參加者請務必留下有效郵寄地址，若贈品無法投遞，又無法聯絡到本人，恕視同棄權。 3. 本活動卡及 bubu 點數影印無效。 4. 欲看贈品實物圖請上獨步部落格：http://apexpress.blog66.fc2.com/

◀歡迎剪下我